MARIBAS

OU LES BALLES BONDISSANTES

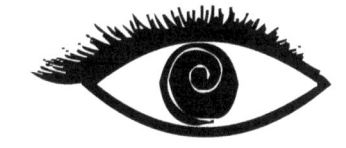

JEAN YANAUDEL

SÉRIE B

Les seules choses qui sont sûres en ce monde ce sont les coïncidences.

Leonardo Sciascia

Bande-annonce

Si ce roman était un film et que sa sortie était précédée d'une bande-annonce, voici ce qu'elle contiendrait :

- ✗ **de l'amour** : « Emma et Dan se regardèrent longuement dans les yeux. » (p.78)

- ✗ **du sexe** : « [Emma] but une toute petite gorgée du *milkshake*, reposa son verre et lança un regard coquin à Dan qui porta la main à son entre-jambe. » (p.34)

- ✗ **de la violence** : « Emma se prenait presque toujours une frange du rideau dans l'œil en entrant. » (p.25)

✗ **du mystère** : « Dan ne comprenait pas pourquoi les gens ne quittent presque jamais une séance lorsque le film ne leur plaît pas. » (p.20)

✗ **du suspense** : « Alors qu'elle le fixait [...], le médecin leva les yeux de sa fiche. » (p.71)

✗ **de l'action** : « Emma pénétra dans la chambre. Comme elle s'y attendait, personne ne s'y trouvait. » (p.80)

✗ **de l'humour** : « [...] Le pub irlandais *Brighit's House* [...] retransmettait des matches de rugby écossais. » (p.23)

A travers cette bande-annonce, il serait impossible de soupçonner le nombre incommensurable d'incohérences scénaristiques, d'imbroglios narratifs, d'errances syntaxiques et de lourdeurs stylistiques de l'œuvre que vous tenez entre les mains.

PROLOGUE

Où l'on force (à peine)
les coïncidences

Avertissement

Si vous n'appréciez pas les prologues abscons, ronflants, verbeux ou que celui-ci – pour diverses raisons – ne vous plaît pas, je vous encourage à le sauter pour commencer directement votre lecture au chapitre un.

Pour l'un c'est Louis et pour l'autre Lewis. Tantôt c'est Luís, tantôt Luigi. Un jour Ludwig, l'autre Ludovico ou bien Alvise.

Qu'on se mette d'accord une bonne fois pour toutes, qu'on latinise son prénom et qu'on l'appelle Aloysius (prononcez [æloʊˈɪʃəs]) en faisant fi des Aloïs, Alois, Aloisio, Aloiza, Aloïsse, Aloys, Aloyse, Alabhaois, Aloisi, Aluigi, Alayis, Alojzy, Alojz, Aluisio, ou Aloyce.

On ne va tout de même pas revenir au vieux-francique *Hlūdawīg* ou au proto-germanique *Hlūdawīgą* !

Quand bien même Cargill Sprietsma souhaitait maintenir Louis sous prétexte que ce prénom figure sur son acte de naissance et, 34 ans plus tard, sur sa pierre tombale, Aloysius fut définitivement adopté en 1835. Un point c'est tout.

Albert aurait-il joué une fausse note ? Non. Impossible. Depuis le temps qu'il s'échinait sur cette partition, ses gestes l'interprétaient mécaniquement. Et jamais une crispation de ses phalanges, un tremblement de sa main ou encore un fléchissement de son poignet n'avaient impacté son jeu. Si l'erreur est humaine, elle n'est pas Albert. Les tâches sur ses bras ne témoignaient pas du passage du temps. Tel du papier buvard, sa peau semblait absorber l'encre de chaque partition qu'il assimilait.

Non. Décidément, Albert ne pouvait pas avoir joué une fausse note.

Il posa son archet, ôta ses lunettes pour pincer le dos de son nez entre le pouce et l'index. La cafetière italienne siffla en do dièse.

Au loin, le ciel était mauve.

Albert jeta un œil distrait à sa montre en bois d'ébène, caressant son bracelet en cuir.

Gaspard de la nuit fut publié en novembre 1842. Quel jour exactement ? Aucune idée. Nous pouvons en revanche vous dire que le mercredi 23 novembre 1842, au Théâtre-Français, Victor Hugo lisait *Les Burgraves*. C'est l'encyclopédie libre qui le dit, hébergée par une organisation à but non lucratif régie par les lois de l'État de Floride aux États-Unis. Donc ce que nous déclarons est vrai.

En novembre 1842, écrivions-nous, le recueil de poèmes d'Aloysius Bertrand, *Gaspard de la nuit*, fut publié. Posthume.

Le Premier Livre, *École Flamande*, comprend un poème en prose intitulé *La Viole de Gamba*. Qui parle bien évidemment de viol et de jambe. C'est même pour cela qu'Albert, que nous évoquions précédemment, a choisi de jouer de cet instrument qu'est la viole de gambe.

En janvier 2006, Albert tomba sur le livre d'Aloysius Bertrand dans une bouquinerie. Il fut très attiré par sa couverture.

On y lit *Scripta Manent* qui peut se traduire en français par « *les écrits restent* ». Albert se souvint que cette locution latine figurait aussi sur son exemplaire de *La Religieuse* de Diderot.

On y lit « Au Pot Cassé » qui est un jeu auquel s'adonnait volontiers le petit-fils d'Albert pour son anniversaire. A quelques détails près. A commencer par le nom de l'activité que l'on appelle plutôt aujourd'hui *piñata*. Sur *La Religieuse*, il est écrit « A Paris, à l'enseigne du Pot Cassé ».

On y lit, plus curieux encore, « Rue de Beaune ». C'était sa rue ! Oui ! Celle d'Albert !

On y voit ce qu'il prenait pour une cafetière, une épée, un luth et des cartes à jouer.

Et il y aussi ce sorcier inquiétant mais les gens n'intéressaient pas Albert. Du moins pas sur la couverture des livres.

Albert acheta donc *Gaspard de la nuit*. Il découvrit le poème *La viole de Gamba*. Il découvrit par la même occasion la viole de gambe et la défendit corps et âme comme Hubert Le Blanc en 1740.

Cette même année 2006 décéda Hamza El Din qui, lui, ne jouait pas de la viole de gambe mais du oud, le luth arabe. Suite à l'inondation de son village natal après la construction du barrage d'Assouan, il se mit à jouer divinement bien. « Dieu merci » se disait toujours Albert, inconditionnel de l'artiste nubien.

Finalement, tout finit toujours par rentrer dans l'ordre.
Tout s'éclaire.
Lisez plutôt.

Gaspard de la nuit d'Aloysius Bertrand, mort, est publié en 1842 la même année où Victor Hugo, mort, lit *Les Burgraves*.
Tous les deux – Bertrand et Hugo – ont écrit un poème intitulé *À M. DAVID, STATUAIRE*. Dans celui d'Aloysius Bertrand, on retrouve le nom « l'Égyptien ».

Hamza El Din, mort, était égyptien et il jouait magnifiquement bien du oud.

Le oud est un luth arabe.

Un luth figure sur la première de couverture d'une vieille édition de *Gaspard de la nuit* qu'Albert a dénichée chez un bouquiniste.

Dans un poème de ce recueil, la viole de gambe est mentionnée.

Albert joue très bien de la viole de gambe, il connaît très bien *Gaspard de la nuit,* un peu moins *Les Burgraves* mais il se rattrape car la réplique miniature d'une grande statue égyptienne trône sur son buffet à côté des disques de Hamza El Din.

Comme Diderot, Hubert Le Blanc, Aloysius Bertrand, Victor Hugo, Cargill Sprietsma et Hamza El Din, Albert est mort.

Les tâches sur ses bras ont eu raison de lui.

PREMIÈRE PARTIE

Où l'on suit le fil d'Ariane

Un

— *Touch-a, Touch-a, Touch-a, Touch me*, chantait la doublure vocale de Susan Sarandon pendant que cette dernière se faisait peloter les seins par Peter Hinwood.

Le public reprenait en chœur et certaines femmes exhibaient même leur poitrine nue. Dan passa la main dans ses cheveux et des grains de riz tombèrent. On en avait jeté depuis le haut des gradins lors d'une précédente scène.

— *Creature of the night »*, s'extasiait Peter Hinwood, penché au-dessus de Susan Sarandon, les yeux écarquillés.

Dan tourna la tête vers Emma. Il distinguait sa silhouette dans la pénombre. Les images sur l'écran illuminaient son visage par intermittence. Elle aussi avait des grains de riz dans les cheveux. Quelques uns filèrent dans son cou lorsqu'elle se pencha pour attraper une bouteille d'eau. Sa nuque. Il aimait la serrer délicatement pendant leurs jeux érotiques. Il la pressait pour l'attirer vers lui et l'embrasser. Quand elle se redressa, elle jeta un coup d'œil à Dan puis sourit. Elle avait toujours la manie de glisser furtivement sa langue entre ses dents d'un air espiègle. Elle le faisait innocemment ce qui la rendait encore plus irrésistible. Elle n'avait pas conscience de son charme. Tant mieux, se disait Dan. Si c'était le cas, elle ne serait pas avec lui.

La salle de cinéma pouvait accueillir une centaine de personnes. Ils devaient être une vingtaine à assister à cette obscure séance. Certains spectateurs avaient dû se tromper de film puisqu'ils semblaient étonnés d'en voir se trémousser devant l'écran pendant le *show* final. Ils restaient cloués à leur strapontin, les bras croisés et les mâchoires serrées. Dan ne comprenait pas pourquoi les gens ne quittent presque jamais une séance lorsque le film ne leur plaît pas. Ils restent coûte que coûte jusqu'à la fin quand bien même ils s'ennuient dès le premier quart d'heure. Ce n'est pas comme au théâtre où il est mal vu de s'éclipser au milieu d'une représentation, même pour aller aux toilettes. Au cinéma, vous ne gênez pas les acteurs et, au pire, vous faites souffler la rangée de derrière quand vous vous levez.

À cette heure tardive, les *tramways* ne passaient que toutes les demi-heures. Emma et Dan venaient d'en manquer un. Le prochain était le dernier. Ils s'assirent sur un banc sous l'aubette. Devant eux, un homme dérapa sur le givre. Il se releva en se frottant le coccyx. Emma s'empressa de lui demander s'il allait bien et celui-ci la rembarra en grommelant. Elle vint se rasseoir à côté de Dan en haussant les épaules. Elle n'était pas très expressive et rien ne semblait la perturber. Une carapace qui lui conférait le statut de femme mystérieuse. Dan, quant à lui, n'était pas quelqu'un d'opaque. La surprise, la peur ou bien la joie se lisaient facilement sur son visage. Lorsqu'il était triste, il pleurait. Lorsqu'elle était triste, Emma restait de marbre. Ou alors elle pleurait mais à l'intérieur. Dan renifla. Un peu trop bruyamment peut-être puisqu'Emma enroula son écharpe autour de son cou. La grosse bande de laine était assez grande pour qu'ils s'enroulent tous les deux dedans.

Le *tramway* devait arriver dans dix minutes. Le décompte affiché sur les panneaux lumineux ne voulait rien dire. Une minute équivalait tantôt à dix secondes, tantôt à dix minutes. Dan comptait les mégots de cigarette au sol. Il se disait que d'ici à la poubelle il n'y avait que deux petits mètres. Pourquoi ne pas faire l'effort d'aller les jeter ? Un peu comme les canettes de bière autour des balançoires dans les parcs...

Tout à coup, une vive douleur au poignet tira Dan de sa rêverie. Il reçut une intense décharge qui paraissait émaner de sa montre en bois d'ébène. Le bracelet en cuir parut se tendre un court instant puis se relâcher dans la foulée.

Au même moment, un crissement de pneus se fit entendre. Une *Audi* gris métallisé vint finir ses zigzags dans un pylône électrique en face d'une boutique de farces et attrapes à quelques mètres d'Emma et Dan. Le passager hurla quelque chose qui ressemblait à « Maribas ! » avant que la voiture ne recule et ne reprenne sa course effrénée, slalomant de plus belle. Ce qui frappa Dan fut le visage du conducteur. Ses traits étaient identiques aux siens à tel point qu'il se demanda s'il n'avait pas simplement aperçu son reflet dans la vitrine.

Dans le *tramway*, un jeune homme en blouson de cuir tenant un chien en laisse jetait des pétards dans le compartiment du fond. Dan le regardait distraitement. Il pouvait avoir son âge. Emma dessinait des cœurs sur la fenêtre embuée. Elle donna un coup de coude à Dan pour qu'il regarde et il lui sourit. Sans montrer ses dents. Il avait toujours peur que sa lèvre supérieure reste collée à ses dents car il avait tout le temps la bouche sèche.

Leur voiture était garée sous un grand préau. Elle ne démarra pas du premier coup. Dan se dit que si elle ne démarrait pas au prochain coup il ferait l'amour à Emma dans la voiture. La voiture démarra. Sur la route, ils cherchèrent une station radio en vain. Elles passaient toutes des pubs au même moment. Ils arrivèrent à l'appartement sans avoir entendu une seule note de musique.

Deux

Dan a rencontré Emma à l'université. Dans la fille d'attente du self, il a regardé ses fesses. Ou plutôt la forme de ses fesses cachées par un *legging* qui laissait entrevoir la marque de sa culotte. Elle s'est retournée. Elle a suivi son regard. Il a levé les yeux.

— Ça te tente un verre ce soir ?

— Je m'appelle Emma.

Dans le *pub* irlandais *Brighit's House*, qui retransmettait des matches de rugby écossais, ils se sont installés au comptoir. En fond sonore, le claviériste de *The Hawks* entamait un solo endiablé. Le zinc était sale. Quelques cacahuètes étaient éparpillées çà et là. Un alcool non identifié avait été renversé à plusieurs endroits. Il lui a offert un galopin de *Guinness*. Elle n'a pas osé le refuser alors qu'elle déteste la bière brune. Les *Glasgow Warriors* menaient 12 à 6 contre les *Greens* à la mi-temps. Ils ont parlé de Georges Bataille, de David Lynch, de Queens of the Stone Age, de Bernard Buffet et de Niki de Saint Phalle. Ils ont évoqué le conflit israélo-palestinien, la théorie des cordes, le fétichisme des ballons de baudruche et la cuisine créole. Non loin d'eux, impassibles derrière leurs lunettes de soleil, des étudiants jouaient au *poker*. Deux d'entre eux tripotaient nerveusement leurs jetons de mise. Les autres avaient déjà abandonné. Le *turn* était découvert. Au moment où l'un des étudiants relançait, une bagarre s'était déclenchée autour d'une table de *snooker*. Deux hommes barbus au visage rubicond – peut-être était-ce dû à l'alcool, peut-être à la colère – s'échangeaient des coups de poing. À ce qu'Emma et Dan comprenaient, l'un reprochait à l'autre d'avoir joué un coup poussé. Ils quittèrent le bar au moment où le plus énervé menaçait de jeter à la figure de son adversaire la boule rose qui obstruait la poche inférieure droite de la table.

Le soir de leur premier rendez-vous, Emma et Dan n'ont pas fait l'amour. Aucun des deux n'avait de protection. Ils se sont alors allongés l'un contre l'autre en chien de fusil. Emma a écrit des mots avec son doigt sur le bras de Dan qui s'est rapidement endormi. Cela faisait longtemps qu'il n'avait pas trouvé le sommeil aussi vite, lui qui souffrait d'insomnie chronique depuis son enfance.

Un an presque jour pour jour après leur première rencontre, Emma et Dan s'installaient ensemble dans un vieil appartement dont la construction datait d'avant 1974. L'isolation était inexistante, les radiateurs en fonte chauffaient à peine l'hiver et le chauffe-bain fonctionnait par intermittence. Les parois étaient minces et en y collant l'oreille on pouvait comprendre distinctement les chuchotements des voisins. Emma et Dan les écoutaient souvent, parfois même en grignotant du *popcorn*. Les prises murales étaient mal fixées, les fils électriques pendaient du plafond, le détecteur de fumée ainsi que la sonnette ne marchaient pas et les rectangles de bois du parquet d'origine se retiraient facilement. (Dan avait un jour proposé à Emma de jouer aux *Kapla*.) La liste des défauts et dysfonctionnements était longue. Mais c'était leur nid. Ils y étaient heureux.

Il était précisé sur le bail qu'ils bénéficiaient d'un séchoir au sous-sol. Ils ne l'utilisèrent pas pour faire sécher leur linge mais pour entasser les cartons du déménagement. Celui-ci était pourvu d'une paroi à claire-voie et il arrivait qu'Emma et Dan s'installent à l'intérieur sur deux vieilles chaises en métal pour épier les gens qui rentraient du travail.

Ils avaient appris au fil du temps à connaître leur nouveau quartier. Leur repaire, comme ils aimaient l'appeler, était une petite librairie d'occasion coincée entre une armurerie et une mercerie à deux pas de chez eux. L'enseigne était peinte à la main et indiquait sobrement « Livres à petits prix ». De fines bandes caoutchouteuses obstruaient l'embrasure de la porte comme si l'intérieur ne devait pas être exposé aux yeux de tous. Même s'ils se rendaient régulièrement dans cette librairie, Emma se prenait presque toujours une frange du rideau dans l'œil en entrant.

L'originalité du magasin était cette perpétuelle odeur de café fort qui emplissait la pièce. En pénétrant dans une librairie d'occasion, on s'attend tout naturellement à sentir le parfum des vieux livres, cette indescriptible odeur mêlant poussière, moisissure et encres délavées. Là-bas il n'en était rien. Les livres ne sentaient rien. Absolument rien. C'est dans cette boutique qu'Emma était tombée sur le propriétaire de l'appartement. Elle était au téléphone avec Dan pendant qu'elle farfouillait sur les étagères et ils discutaient des récentes petites annonces sur lesquelles ils étaient tombés. Un homme qui avait surpris la conversation – même si Emma parlait à voix basse – l'avait accostée. Il louait un petit appartement, idéal pour un jeune couple qui ne roulait pas sur l'or. Marché conclu.

Emma et Dan allaient souvent à la piscine. Pour nager mais aussi se laisser simplement dériver dans le grand bain pendant les heures creuses. Dan n'arrivait jamais à boucler le bracelet sur lequel était accrochée la clef de leur casier. Il fixait le mur en plissant ses yeux privés de lunettes pendant qu'Emma l'aidait. Les douches étaient froides et manquaient de pression, ils ne s'y attardaient donc pas.

Emma nageait avec des palmes. Dan récupérait parfois une des frites en mousse qui flottaient dans la pataugeoire. Chacun avait son rythme et ses habitudes. Mais, lorsqu'ils se retrouvaient dans le vestiaire pour se changer, ils se sentaient toujours étrangement excités et y faisaient régulièrement l'amour debout. Depuis qu'ils avaient effectué un dépistage du VIH deux ou trois mois après leur première nuit, leurs rapports avaient considérablement gagné en spontanéité.

Dan se remémorait souvent la fois où Emma s'était accroupie face à lui en agitant ses dix doigts pour signifier qu'elle souhaitait s'adonner à des « jeux de mains, jeux de vilains ». Après s'être emparée d'une poire à lavement, elle avait tranquillement orienté Dan vers la salle de bain. De retour dans la chambre, elle l'avait allongé sur le dos, les jambes relevées largement écartées. Il avait fermé les yeux et concentré toute son attention sur les bruits environnants. D'abord le claquement du latex contre la peau. Le gant était enfilé. Ensuite le gargouillis du gel que l'on expulse du tube. Le lubrifiant était étalé.

Il avait pris une profonde respiration pendant qu'une phalangette glacée s'introduisait dans son anus en partie déjà dilaté par l'insertion de la canule. Son sexe en érection s'était alors carapaté en une fraction de seconde comme s'il voulait lancer un signal de détresse. La main libre d'Emma s'était employée à le rassurer en amorçant de vigoureux mouvements apaisants. Comme revenu de pâmoison, le pénis avait très vite retrouvé un peu de fierté en se redressant progressivement dans la paume moite de celle qui volait à son secours. Une phalangine avait succédé à la phalangette et le sexe de Dan s'était à nouveau évanoui. Il avait fallu plus de temps à la main pour le réveiller. Mais lorsque la dernière phalange s'était frayée un chemin dans son intimité et que sa prostate s'était sentie effleurée, Dan avait ouvert les yeux et murmuré pour la première fois « je t'aime ».

DEUXIÈME PARTIE

Où l'on se raccroche à un fil

Un

La nuit qui suivit la séance de cinéma, Dan ne trouva pas le sommeil. Emma s'était rapidement endormie en serrant dans son poing un *t-shirt* de son petit copain. Lui était resté près de deux heures à fixer le plafond avant de quitter discrètement le lit. Un mot, comme une incantation, lui revenait sans cesse à l'esprit. *Maribas.*

Dans la cuisine, il but de grandes gorgées de lait à même la bouteille. Le réfrigérateur émettait un bruit semblable au bourdonnement d'un moustique mais en plus fort. Les volets de la cuisine n'étaient jamais fermés. Il regarda par la fenêtre les voitures garées derrière les sapins faiblement éclairées par l'unique lampadaire de la cour. Deux emplacements étaient vides. Il lui sembla apercevoir du mouvement près du portail électrique mais il était trop loin pour s'en assurer.

Il alluma l'ordinateur dans la pièce de vie en espérant que le son d'accueil ne réveillerait pas Emma. La puissante lumière de l'écran lui fit détourner le regard quelques instants.

Sur un moteur de recherche, il tapa le mot « Maribas ». Il pouvait s'agir d'un nom de famille. Il apprit que celui-ci était principalement porté dans la Nièvre et qu'il remontait au XVIIe siècle. À ce jour, seules 134 personnes s'appelaient ainsi. Un certain docteur généraliste, Bertrand Maribas, exerçait à quelques kilomètres de l'appartement. Dan ne croyait pas aux coïncidences. Il croyait au destin – *karma*, Providence, fatalité, fortune, Sort, *moira* – depuis le visionnage d'une émission sur le sujet. Une femme y racontait comment elle s'était retrouvée coincée dans une rame de métro avec un avocat alors qu'elle en cherchait justement un. Cela avait suffit à Dan pour être persuadé que la vie n'était qu'un grand jeu de piste et que son issue était décidée depuis la nuit des temps. Aussi décida-t-il de prendre rendez-vous avec le docteur Maribas dès le lendemain à la première heure. Ce sera l'occasion de lui parler de ses insomnies.

Dan n'avait pas toujours perçu ses troubles du sommeil comme une chose négative. Pour des raisons qu'il n'aimait pas évoquer, il avait été élevé par son grand-père maternel et celui-ci ne dormait quasiment pas non plus. L'homme passait un temps fou, surtout la nuit, donc, à jouer de la viole de gambe depuis qu'il avait découvert l'existence de cet instrument dans le recueil de poèmes *Gaspard de la nuit* d'Aloysius Bertrand. Dan lui tenait compagnie et se laissait bercer par les mélodies entrecoupées de lectures des textes du poète, textes dont il ne comprenait absolument rien.

Au petit-déjeuner, une conversation d'un érotisme presque surréaliste débuta entre Emma et Dan.

Elle était déjà dans la cuisine quand il y entra et elle se retourna pour le regarder dans les yeux.

— Tu veux un lait frappé ?

— Un lait frappé ? C'est quoi ?

— C'est un mélange de crème glacée, de lait et de fruits.

— Comme un *milkshake* ?

— C'est un *milkshake*. Mais je préfère dire lait frappé, ou frappé tout court.

Il y eut un long silence.

— Alors, tu en veux ?

— Ah pardon. Oui, oui. Je veux bien. Merci.

— Tu m'aides à le faire ?

— Oui, pourquoi pas.

— Tu le veux à quoi ?

— À la banane, si y'en a.

— Y'en a ! Faut éplucher deux bananes, puis tu les mets dans le robot électrique. Ensuite tu mets deux boules de glace et un demi-verre de lait.

— Le robot électrique... c'est le mixer ?

— Oui, c'est ça. À la fin, on ajoutera de la crème chantilly dessus et un coulis de sirop à la fraise si tu veux.

— La chantilly je veux bien, mais pas le coulis.

— Comme tu veux.

Emma et Dan réalisèrent le *milkshake*.

— Tu le veux dans un grand verre ou dans une tasse ? questionna Emma.

— Ça m'est égal. Comme tu veux, répondit Dan.

— Je peux pas choisir pour toi ! C'est selon ton goût !

— Dans une tasse.

— Il faut que j'en lave par contre, elles sont toutes sales.

— Dans un grand verre alors.

— Tu es sûr ?

— Oui, oui. C'est parfait.

— Tu veux une paille ?

— Non, non, t'embête pas. C'est pas utile.

— C'est pas une question d'utilité ! C'est une question de plaisir. Ça te plaît pas de boire un lait frappé avec moi ?

— Si, bien sûr !

Elle but une toute petite gorgée du *milkshake*, reposa son verre et lança un regard coquin à Dan qui porta la main à son entre-jambe. Au même moment, un bref son de clochette le fit sursauter. Quelque chose avait fini de cuire. Emma aimait surprendre Dan en cuisinant de délicieuses pâtisseries. Lorsqu'elle ouvrit le four, une forte odeur de cannelle emplit tout l'appartement. Des *Franzbrötchen*, devina Dan, les narines dilatées. Malgré le froid, ils s'installèrent au balcon sur lequel rouillaient deux tabourets métalliques de part et d'autre d'une table de bar chinée dans une brocante. De là, ils pouvaient apercevoir les gens qui partaient travailler et ceux qui s'activaient derrière les fenêtres d'un autre bloc. Dan appuya avec la paume de sa main sur la tige de sa petite cafetière à piston pour enfoncer le filtre en gaze jusqu'au bas du récipient cylindrique. En buvant son poison quotidien, il ferma les yeux pour mieux ressentir cet instant de bonheur fugitif. Le froid était intense mais il avait mis des chaussettes dans ses babouches pour ne pas s'enrhumer. Il entendait au loin le bruit des cuisines du *Burger King*. Dans une rue parallèle, des gens se saluaient en klaxonnant. (C'était la coutume dans leur quartier.) Emma fixait un point derrière Dan en souriant. Il se retourna alors pour apercevoir le petit vieux du bloc perpendiculaire à leur immeuble. Celui-ci sortait tous les matins quand le temps le permettait pour s'asseoir sur un des bancs qui entouraient le terrain de pétanque. Il y restait parfois plusieurs heures à téléphoner. Emma et Dan avaient fini par repérer son appartement – ils l'avaient vu une unique fois ouvrir lui-même ses volets – et savaient qu'il vivait avec une jeune femme. Emma feignait de ne pas le voir mais Dan regardait toujours la fenêtre du vieil homme quand il fumait son *cigarillo* le soir. Peut-être dans l'espoir de surprendre la fille en nuisette.

Après le petit-déjeuner, Dan téléphona au médecin. Une voix rauque se fit entendre à l'autre bout du fil. Pas de « Cabinet du Docteur Maribas, j'écoute ? » mais un simple « Oui ? ». Apparemment, le généraliste n'avait pas de secrétaire. Dan prit rendez-vous pour le lendemain matin et, au moment où il donnait son nom, un silence, trop long pour n'être qu'anodin, le fit étrangement frissonner. Quand Emma lui demanda pourquoi il allait chez le médecin, il ne lui parla que de ses insomnies sans mentionner sa recherche nocturne.

Deux

Dan se gara juste à côté d'une *Audi* gris métallisé. C'est lorsque sa portière heurta celle de la voiture voisine qu'il la remarqua. Il ne fut pas surpris. Après tout, selon lui, tout était écrit et on ne pouvait alors pas s'étonner de ce que d'autres appelaient des coïncidences. Sur le mur du vieux bâtiment était fixée une plaque qui indiquait que le docteur B. Maribas recevait du lundi au vendredi sur rendez-vous et le samedi sans rendez-vous. La porte, comme une invitation, était légèrement entrebâillée. Les clefs étaient restées sur la serrure extérieure. Dan les récupéra pour les rendre au médecin. Quand il pénétra dans l'entrée, une odeur de réglisse – et peut-être aussi de menthe – le prit à la gorge. Elle lui rappelait les bonbons de la marque Zan que mastiquait son grand-père à longueur de journée. Au fond du couloir, deux portes. L'une fermée sur laquelle on lisait « salle d'attente » et l'autre entrouverte. Dan frappa. Une fois, deux fois. Il se décida à entrer. La pièce ne sentait pas le réglisse mais le tabac froid. Étrange pour un cabinet médical. D'ailleurs, remarqua Dan, il n'y avait pas de divan d'examen. Juste des étagères remplies de livres qui occupaient deux murs et un bureau. Celui-ci était vide à l'exception d'un cendrier dans lequel étaient écrasées des *Dunhill*.

Il vagabondait dans la ville
les doigts jaunis par les Dunhill
en picaro des temps modernes
le regard noirci par les cernes.

Ces quelques vers – d'où étaient-ils issus ? –
trottaient dans la tête de Dan pendant qu'il déchif-
frait les titres des ouvrages en penchant la tête pour
mieux lire leur tranche. *Le Grand Albert* (peut-être un
concurrent du *Grand Robert*), *Theatrum Chemicum, La
caccia di Diana, Medizinische, naturwissenschaftliche und
philosophische Schriften, Fantasiestücke in Rembrandts und
Callots Manier*.... Le Docteur Maribas était vraisembla-
blement polyglotte. En revanche, qu'il fût médecin
était moins évident.

La porte claqua dans le dos de Dan. Il ne sur-
sauta pas. Il s'y attendait. Il fallait bien que quelqu'un
arrive et le trouve en train d'examiner le bureau.
(C'est un lieu commun incontournable dans tout bon
roman de gare qui se respecte.)

Dan se retourna et fit face à un homme des plus
banals. Taille moyenne, âge moyen, les yeux bruns,
les cheveux bruns, une barbe brune de quelques
jours, des lunettes aux montures brunes. Il ressemblait à Dan en un peu plus vieux.

— Vous n'êtes pas venu pour une consultation.

L'homme ne posait pas de question. Il affirmait.

— Si. Je suis venu car j'ai des insomnies, balbutia Dan.

— Vous savez, certaines personnes analysent le monde à travers des x et des y. D'autres vous parleront de symétrie. Certains de géométrie. Mais aucun système ne saurait expliquer le monde. On ne peut pas lier deux événements entre eux. Pas de branches, pas d'arbre.

— Je comprends rien à ce que vous dites.

— Peu importe. La seule chose que vous devez savoir c'est que vous devez arrêter vos recherches, elles ne mènent à rien.

— De quelles recherches parlez-vous ?

Dan ne savait pas feindre l'innocence. L'homme le regarda sans sourire. Pourtant, son expression n'avait rien d'hostile.

— Vous devriez partir maintenant, déclara-t-il simplement.

— Ah, au fait, tenez. Vos clefs. Vous les aviez laissées sur la porte. On pourrait s'asseoir et discuter un peu, non ? tenta Dan.

À ce moment-là, Dan se rendit compte qu'il n'y avait pas de chaises dans la pièce. L'homme s'était écarté de l'entrebâillement de la porte pour lui signifier qu'il était temps de s'en aller. Ils n'échangèrent aucun regard et Dan ne se retourna pas lorsqu'il quitta les lieux.

De retour à l'air libre, Dan remarqua que son bras droit était tout engourdi. La circulation sanguine semblait coupée. Il observa un moment sa montre : le bois d'ébène paraissait plus clair, le bracelet en cuir lui meurtrissait les chairs. Puis, comme si la montre réagissait au regard de Dan, elle reprit son aspect initial et, progressivement, il retrouva l'usage de son bras. Étrange, vraiment, cette montre héritée de son grand-père Albert...

Dan était seul dans l'appartement. Emma était partie réviser la stylistique chez une amie. Il ouvrit une canette de *Mr. Pibb*, alluma son téléviseur *Arphone Romance* et zappa jusqu'à s'arrêter sur une retransmission du *Saturday Night Live*. La voix de Don Pardo rassura Dan, quelque peu ébranlé par sa rencontre avec le prétendu médecin. Il pensait tomber sur *La Roue de la Fortune* plutôt que le *SNL*. Il se sentait arrivé à une intersection, sous le regard moqueur de Tyché, accompagné de Jacques et de son capitaine. Quelle route allait-il choisir ? Devait-il arrêter ses recherches ou continuer ? Hum, hum. Emma se tenait face à lui, un bonnet péruvien vissé sur la tête. Dan ne l'avait même pas entendue entrer.

— Quelque chose qui te chiffonne ? demanda-t-elle.

— Rien du tout. Je suis crevé, c'est tout. Tu sais, les insomnies.

— Et le médecin, il en dit quoi ?

— Quel médecin ?

Dan se mordit la lèvre en se rappelant la règle d'or qu'il oubliait toujours enfant, « tourner sa langue sept fois dans sa bouche avant de parler ».

— On en parle ? demanda Emma en haussant un sourcil.

Dan lui raconta tout. « Maribas ! » crié depuis une voiture, voiture entrevue sur le parking du médecin, médecin qui n'en était pas vraiment un. Rien de palpitant pour le moment et Dan hésitait à en rester là, à ne pas creuser plus profondément.

— Tu sais ce qui m'ennuie le plus dans l'histoire ? reprit Emma. C'est que tu t'amuses tout seul, sans moi. Pourquoi tu m'as rien dit ? Moi aussi j'ai envie de participer à l'enquête. Non, non, non. Dis-moi pas qu'il y a plus d'enquête. Y en a une et elle fait que commencer. On est une *team* ou on l'est pas ? C'est moi ta copine, ta copilote en voiture, t'es mon commis quand on cuisine, je fais la tierce quand on chante tous les deux, tu es mon modèle quand je sculpte. Joue pas au héros solitaire. Au héros tout court d'ailleurs. Encore moins au bonhomme qui garde ses secrets pour épargner la fébrile créature que je suis. Tu sais très bien qui a les épaules les plus larges. Maintenant dis-moi si...

Des pas dans les escaliers. Emma et Dan échangèrent un bref regard puis, sans se concerter, ils se ruèrent derrière la porte en pouffant comme des enfants.

— Après toi, chuchota Dan, le sourire aux lèvres.

Emma colla son œil au judas après avoir calé ses mèches derrière ses oreilles.

— Alors, qu'est-ce que tu vois ? demanda Dan, scrutant le profil d'Emma.

— C'est les voisins du dessus. Ceux qui font marcher l'essorage de leur machine la nuit et qui chantent des trucs bizarres avec une gratte désaccordée.

Elle se tut un court instant.

— Non. Rien. Rien de croustillant. Tant pis.

Avec l'espionnage des voisins depuis le séchoir, « l'opération judas » était leur deuxième indiscrétion préférée. Coller leur oreille contre la cloison séparant leur appartement de celui des voisins n'était pas aussi jouissif car ils ne bénéficiaient que du son. D'ailleurs, pendant qu'Emma épiait les gens dans l'escalier, le petit monstre d'à côté s'était mis à brailler. Il aurait pu se trouver dans la même pièce qu'Emma et Dan. Cela leur rappelait les conditions de leur bref séjour en Allemagne deux ans auparavant.

Le trajet avait été chaotique. Ils avaient tout essuyé. La neige, les pluies verglaçantes, le brouillard. Les nids-de-poule et autres cavités parsemant les autoroutes belges avaient d'autant plus ralenti leur lente ascension vers Hambourg.

Ils s'étaient installés dans l'hôtel le moins cher qu'ils avaient trouvé, un taudis au nom français évocateur, *Le Boulevard*. Les gens y passaient sans vraiment s'y arrêter, tantôt pour un quart d'heure, tantôt pour une nuit. Les parois entre les chambres étaient tellement minces qu'ils entendaient distinctement les cris de plaisir de la fille de la 320. Ils logeaient dans la 312. Le lit se résumait à une plaque de mousse clouée sur une planche de bois et la salle de bain était pourvue d'une douche trop petite pour accueillir entièrement une seule personne. Dans celle-ci, une chaînette terminée par une poignée rouge pendant du plafond les intriguait au plus au point, d'autant qu'un sticker *Lebensgefahr* était collé à ses côtés. Ils n'osèrent jamais tirer dessus. Un téléviseur poussiéreux accompagné d'un lecteur DVD cabossé était posé à même le sol. Jusqu'à leur location actuelle, ils ne se seraient jamais imaginé vivre quotidiennement dans le même clapier. Mais sans doute n'avaient-ils pas conscience de leur chance d'avoir un toit au-dessus de la tête...

Durant leur séjour, ils avaient préféré passer un maximum de temps dehors, allant braver le froid pour picorer quelques frites et rondelles pimentées de saucisses au marché de Noël du coin. C'est là-bas qu'un pauvre hère leur avait tendu un étrange prospectus contre quelques pièces jaunes.

À ce jour, l'intention de l'auteur du texte reste obscure... En voici une traduction fidèle :

La rudesse de la météo ne désespère pas les badauds affluant au Weihnachtsmarkt *de* Sankt Pauli *qui, sous l'œil malicieux de son licencieux gardien, un père-noël nu aux allures de vieux* rider *ringard, cherchent plutôt à se réchauffer du côté des* strip-teaseuses *de la* Ü-18-Area *qu'au contact de l'immuable* Glühwein. *Quand on s'éloigne de ce lieu festif, le quartier apparaît dans tout ce qu'il a de plus singulier. Son babélisme, tant architectural que linguistique, déconcerte. D'obscures boutiques ésotériques d'un autre temps résistent tant bien que mal coincées entre les incommensurables surfaces érotiques futuristes. Dans les rues, les jargons des promeneurs se mélangent, les touristes se mêlant aux autochtones et à la communauté turque. En plus de ce gigantisme structural et de cette confusion dialectale, la profusion et le méli-mélo de lumières plongent tout* quidam *dans un cadre spatial sans li-*

mites. Entre les néons tape-à-l'œil des boîtes de nuit, les strobo-scopes épileptisants des vitrines des sex-shops *et les lampes ta-misées des restaurants, il est diffi-cile de bien s'orienter dans* Sankt Pauli.

Des ballons de baudruche rouge et noir étaient accrochés aux enseignes des petites cabanes du marché de Noël. Emma avait demandé à Dan s'il se rappelait leur conversation au *pub* irlandais *Brighit's House* lors de leur premier rendez-vous. Évidemment qu'il s'en souvenait.

De retour dans leur chambre d'hôtel, mêlant leurs gémissements à ceux des autres locataires, ils se transformèrent en *looners* le temps d'une nuit mémorable.

Emma était à genoux sur le lit, les seins nus, face à Dan. Son pubis était recouvert d'un triangle de tissu blanc prolongé par une fine bande filant entre les cuisses pour s'insinuer entre les fesses. Ses hanches étaient entourées d'un ruban reliant le tout. Une partie de ses fesses était dissimulée. L'échancrure du sous-vêtement découvrait une grande partie du haut de ses cuisses et Dan supposait de ce fait qu'elle avait intégralement épilé sa toison pubienne. Sur son caleçon, trois boutons étaient symétriquement alignés au niveau de son pénis. Emma lui avait tendu un ballon de baudruche rouge dégonflé sur lequel figurait une marque de restauration rapide. Il avait lentement glissé le doigt à l'intérieur provoquant ainsi un crissement à peine audible. Tous les sens d'Emma décuplés par l'excitation, elle l'avait parfaitement entendu et elle avait légèrement gémi. Dan avait porté la baudruche à sa bouche et s'était senti saliver au contact du latex. Calmement, il avait soufflé à l'intérieur. Plus le ballon se remplissait d'air, plus son sexe gonflait, se durcissait, s'élargissait, plus Emma frémissait.

Lorsque la sphère caoutchouteuse était devenue assez grosse, Dan l'avait nouée fébrilement. Il avait approché la baudruche du visage d'Emma qui avait entrouvert les lèvres en laissant échapper une faible plainte. Ses yeux aux pupilles dilatées par la pénombre s'étaient tournés vers Dan et l'avaient contemplé avec avidité. Emma avait tendu une main tremblante pour toucher le ballon mais Dan avait reculé en secouant négativement la tête. Elle s'était allongée alors avec grâce sur le dos et avait fermé les paupières. Il s'était placé à côté d'elle en faisant furtivement grincer les ressorts du lit et avait fait tranquillement glisser le ballon le long de ses jambes. Ses poils s'étaient dressés après qu'une vague de picotements provoquée par la caresse eut envahi tout son corps. La baudruche ayant atteint le bas-ventre, Emma avait plaqué énergiquement ses mains dessus. Dan s'était reculé pour la laisser faire. Il l'avait regardée avec amour écarter les cuisses et frotter le ballon sur son bas-ventre en haletant. En quelques minutes, une trace humide s'était allongée sur son bas de sous-vêtement et elle avait été submergée par un orgasme libérateur. Elle avait rouvert lentement les paupières et tendu mécaniquement le ballon, la tête ailleurs. Elle s'était levée, vacillante, et avait laissé le loisir à Dan de s'allonger à son tour sur les draps chauffés par l'excitation de son corps. Il avait soigneusement posé la baudruche au milieu du lit et, après s'être prudemment étendu dessus, il avait rebondi flegmatiquement sur celle-ci. L'exercice ne lui avait pas plu car une autre idée l'empêchait de prendre du plaisir. Il s'était levé en abandonnant le ballon et avait ordonné à Emma d'enfiler une nuisette. Elle s'était exécutée de bonne grâce et il s'était mis à genoux devant elle, fixant son regard plein de tendresse sur la fine pièce de soie recouvrant son buste et se prolongeant jusqu'à mi-cuisses. Il avait sorti un nouveau ballon d'une poche de son pantalon gisant froissé dans un coin de la pièce. Il avait inséré l'embout dans sa bouche et glissé sa tête sous la nuisette. Celle-ci avait enflé sous l'effet du gonflement de la baudruche. Le claquement du latex avait indiqué à Emma que le ballon était noué. Dan avait sorti la tête de sous la robe et admiré le ventre de son amoureuse. Il avait doublé de volume. Ils s'étaient alors étreints en s'embrassant, le ballon bien au chaud entre leurs deux corps. Leurs regards avaient convergé.

Ils pensaient tous deux à un bébé.

La braillarde de l'appartement voisin continuait ses vociférations. Leur volonté d'avoir un enfant était quelque peu altérée depuis qu'ils subissaient à longueur de journée ses hurlements presque inhumains.

Emma et Dan étaient maintenant assis sur le canapé. Le *Saturday Night Live* avait laissé place à *Family Feud*.

— Et ta journée ? demanda machinalement Dan.

— J'ai pas compris grand chose. On nous demande d'analyser stylistiquement un poème d'Aloysius Bertrand, « La Ronde sous la Cloche ». J'ai plein de trucs à dire mais apparemment c'est pas trop ça. Et le prof nous aide pas. Il répète juste que les clefs sont toujours sur la porte.

Les clefs sont toujours sur la porte. Tiens donc...

Quand il était enfant, les parents de Dan lui avaient expliqué que des radars étaient cachés sur le bord des routes et flashaient les voitures qui roulaient trop vite. Dan s'était alors imaginé qu'il s'agissait de minuscules boîtes noires qu'on dissimulait dans des canettes de soda que les automobilistes jetaient par les fenêtres. Il se demandait ce qu'il se passait lorsqu'un piéton marchant derrière la barrière de sécurité donnait un coup de pied dans la canette. Le radar était-il cassé ou bien simplement déplacé ? Cela voulait donc dire qu'on ne pouvait jamais savoir où se trouvaient les radars ? Toutes ces questions qui encombraient son esprit alimentaient ses rêves. Pendant des années, l'un d'eux lui tint compagnie la nuit et était peut-être une conséquence – directe ou indirecte – de ses insomnies précoces.

Il se trouvait dans une ville déserte et marchait le long d'un chemin de terre. Il butait sur une canette rouge. En lui donnant un coup de pied, celle-ci déversait son liquide qui se transformait vite en un torrent qui l'emportait à travers la ville fantôme. Il était projeté contre la porte de ce qui s'apparentait à une chapelle basse. À l'entrée se trouvait une biche couchée sur le flanc qui le fixait. Elle lui disait alors : « *Les clefs sont sur la porte* ». Et il se réveillait.

Ce rêve lui revenait à l'esprit après qu'Emma eut rapporté la phrase de son enseignant. Elle n'avait jamais entendu parler du rêve de Dan et celui-ci le lui expliqua pour justifier sa tête d'ahuri.

— C'est quand même drôle les coïncidences, murmura Emma, pensive.

— Tu crois pas que, quand ton prof dit que les clefs sont sur la porte, il veut dire qu'il faut s'intéresser à l'œuvre dans sa globalité, pas simplement à un fragment ? demanda Dan en ne relevant pas la dernière intervention d'Emma. C'est de qui ton poème ?

— Aloysius Bertrand, je viens de te le dire.

— Et il a écrit quoi ?

— Un seul recueil je crois, *Gaspard de la nuit*.

— Ça me dit quelque chose...

— Évidemment. Ton grand-père t'en lisait des extraits presque toutes les nuits, pendant des années. J'attendais ta réaction.

— Comment j'ai pu oublier ? Passe-moi ton bouquin. Il faut vraiment que je le lise. Je le sens.

Et ce que Dan sentait à ce moment-là, c'était sa montre en bois d'ébène qui lui brûlait la peau pendant que le bracelet de cuir rapetissait à vue d'œil.

TROISIÈME PARTIE

Où l'on est sur le fil du rasoir

Un – Deux – Trois

Emma n'avait pas d'exemplaire de *Gaspard de la nuit*. Dan et elle marchèrent donc les quelques mètres qui les séparaient de la petite boutique coincée entre l'armurerie et la mercerie. Au moment où elle franchissait le pas de la porte, Emma se prit comme à l'accoutumée une frange du rideau dans l'œil. L'odeur de café fort vint chatouiller les narines de Dan. Emma avait le nez bouché depuis qu'elle avait attrapé un mauvais rhume. Béret basque vissé sur la tête, tempes grisonnantes, moustache en guidon, l'homme qui tenait la librairie esquissa un geste amical. Les deux amoureux étaient devenus au fil du temps des habitués.

— Qu'est-ce que vous venez chiner aujourd'hui tous les deux ? demanda le libraire, une cigarette qu'il n'allumait jamais entre les lèvres.

— *Gaspard de la Nuit* de Aloysius Bertrand. Peu importe l'édition, précisa Emma.

— Je l'ai sans doute. Beaucoup d'étudiants le réclament et beaucoup me le revendent à la fin de leurs études. Par contre, de là à savoir où il est rangé dans tout ce joyeux bordel...

Après avoir longtemps inhalé la poussière des vieux livres et qu'Emma manqua de tomber de l'escabeau deux ou trois fois, ils dénichèrent l'ouvrage perdu entre *La République des Roseaux* de Jean Sera-Montès et *Le Siècle des Nuages* de Philippe Forest. Le livre avait appartenu à une bibliothèque municipale puisqu'un tampon apposé toutes les deux pages indiquait « Bibliothèque du Grand Air ». À l'intérieur de la deuxième de couverture était agrafée une liste sur laquelle figuraient les noms des emprunteurs de l'ouvrage. Dan n'espérait pas y trouver celui de Maribas et d'ailleurs il n'y était pas inscrit. Ç'aurait tout de même été une sacré coïncidence.

— Et voilà, s'exclama Dan une heure plus tard en pointant du doigt un mot à la page 137 de *Gaspard de la Nuit*. Je ne sais pas vraiment quoi en penser mais c'est pas un hasard si ce livre était sur l'étagère du docteur.

Son doigt était moite et, quand il le retira, il avait en partie effacé l'encre du mot « Maribas ». Celui-ci apparaissait dans un poème intitulé « Départ pour le Sabbat ». Maribas était un soudard qui s'adonnait à la magie avec des sorciers. Il s'envolait avec eux sur la queue d'une poêle.

— Alors inspecteur, qu'est-ce qu'il faut comprendre ? questionna Emma le plus candidement possible.

— Je sais pas. D'abord, quelqu'un crie « Maribas ! » depuis une voiture. Je retrouve la même *Audi* chez un docteur qui s'appelle Bertrand Maribas — tu noteras que le prénom fait quand même penser à

Aloysius Bertrand. Il me met en garde comme s'il savait que j'enquêtais sur lui, ce qui n'est pas entièrement vrai. On peut pas vraiment parler d'enquête, tu vois. Bref. Ensuite, ton prof parle de clefs qui sont toujours sur la porte et c'est une phrase qui faisait partie d'un rêve récurrent quand j'étais petit. Il a utilisé cette expression en lien avec *Gaspard de la Nuit*, livre fétiche de mon grand-père comme tu me l'as rappelé, dans lequel on peut lire justement « Maribas ». Il y a un sens à tout ça.

      — Et si le docteur Maribas était un descendant du soudard du bouquin. Tu m'as bien dit qu'il y avait des livres de magie dans son cabinet, non ? De père en fils, les Maribas se passent un grimoire qui fait d'eux des sorciers. Après, je sais pas ce qu'ils font. Mais si le gars t'a dit de pas trop fouiner, c'est qu'il est question de prophétie ou quelque chose dans le genre. En plus, j'ai vérifié avec trois podomètres différents, il y a exactement soixante-six mètres entre notre appartement et le *pub*, entre le *pub* et la bouquinerie, entre la bouquinerie et notre appartement. Soixante-six, tu te rends compte ! Exactement le nombre de poèmes dans *Gaspard de la Nuit* !

      — Tu te fous de ma gueule ?

      — Oui.

      — On va boire un coup ?

      — Oui.

      Sur le chemin du retour, ils s'arrêtèrent justement dans le *pub* irlandais de leur première rencontre, le *Bright's House*. Cette fois-ci, Dan n'imposa pas à Emma une bière brune. Celle-ci prit un *mojito*. Après coup, elle se demanda si elle n'aurait pas mieux fait de commander une *Guinness*. Le serveur, un homme tellement grand qu'il devait se tenir voûté pour préparer le *cocktail*, leur fit part trop longuement de sa passion pour les *mojitos*.

— Voyez-vous, beaucoup de personnes ratent leur *mojito* dès le départ. Ils oublient l'essentiel qui est de piler consciencieusement les feuilles de menthe afin d'exprimer leur essence. Certains le font mais trop vigoureusement et ils finissent par la broyer. Attention, hop là ! Dommage que j'ai pas de vrais citrons. C'est toujours meilleur et puis on peut décorer le verre avec. Vous savez, on met des quartiers sur le bord. J'ai pas non plus d'*angostura*. J'en aurais bien ajouté quelques gouttes pour rendre le *cocktail* un peu plus sec mais bon…

Emma et Dan ne l'écoutaient plus. Tout d'abord parce qu'ils se fichaient éperdument de ce qu'il disait mais, surtout, parce que tandis que le *barman* monologuait, une jeune femme les invitait d'un geste de la main à les rejoindre, au fond de la pièce.

En s'approchant, les deux amoureux remarquèrent qu'elle avait les yeux vairons. Assez rare pour le souligner. Elle était drapée de noir et ressemblait en tout point à la photographie de Sarah Bernhardt prise par Félix Nadar vers 1864. Excepté pour ce qui est des yeux vairons, bien sûr.

Sa voix aussi était comparable à celle de Sarah Bernhardt. Comme lorsque l'on écoute l'enregistrement de sa lecture de *Phèdre* sur un disque *Gramophone* de 1903. Les craquements et grésillements en moins, bien sûr.

— Mes pauvres enfants... Je vous vois subir le soliloque clownesque de cet ubuesque énergumène. Je vole donc à votre secours, beaux tourtereaux. Mes amis et moi-même avons besoin de public et, croyez-en mon infaillible intuition, vous êtes exactement ceux qu'il nous faut. Suivez-moi.

La Dame en Noir tendit un long doigt osseux vers un rideau en velours qui se confondait parfaitement avec le mur du *pub*. Bizarre, malgré tout, que ni Emma ni Dan ne l'aient remarqué depuis le temps qu'ils fréquentaient l'établissement. Derrière le rideau, une porte. Inutile de préciser ce qui se trouvait sur la serrure extérieure.

Emma et Dan suivirent leur guide le long d'un couloir obscur. Ils furent déçus de ne trouver aucune torche embrasée accrochée au mur, de ne pas sentir l'odeur de la mort, de ne pas effleurer les parois de pierre humides.

Ils débouchèrent dans une petite pièce qu'occupaient deux hommes assis autour d'une table de cérémonie de la Nouvelle Lune. Deux tabourets étaient libres. Derrière eux était accrochée au mur une roue à carillons.

Les deux hommes étaient drapés de noir. Ils ne ressemblaient pas à Sarah Bernhardt.

— Nous n'avons pas beaucoup de temps, commença l'un d'eux, d'une voix fluette. Je me permets donc de prendre la parole pour vous présenter notre modeste groupe. Nous sommes *Le Sexe des Poètes Incongrus*. Ce nom n'est pas définitif mais il est assez explicite. Par la poésie, nous tentons de catharsiser nos addictions et nos obsessions qui nous rongent. Nous couchons sur le papier nos expériences afin de les tenir à distance, de les vider de leur substance par les mots, de...

— En fait, rien de ce qu'on fait n'est condamnable, à chacun ses préférences, mais ça nous bouffe la vie, on aimerait ralentir le rythme, le coupa le deuxième homme, sous le regard réprobateur de la jeune femme. C'est un peu comme les Alcooliques Anonymes mais pour les addictions sexuelles. Rien de bien original mais ça fait un bien fou !

Emma profita du silence pesant qui s'était installé à la suite de l'intervention de l'homme pour oser :

— Mais qu'est-ce qu'on fout ici ?

La Dame en Noir se fendit d'un large sourire – comme dirait l'autre – et entra dans le vif du sujet. Enfin !

— Laissez-vous porter, tendres céladons, par nos vers rageurs dont la déclamation nous purge de notre assujettissement à la déesse Tlazolteotl. Ou presque. Et vous comprendrez la raison de votre présence en ces lieux. *Let's go,* Bobby !

Le Bobby en question se leva et la Dame en Noir en profita pour prendre sa place. Il ne restait toujours qu'un tabouret de libre. Emma et Dan se regardèrent puis, aucun d'eux n'esquissant un mouvement, ils restèrent debout à observer l'homme défroisser un bout de papier et s'éclaircir la gorge :

ta cyprine ruisselle
et souille mon marcel
comme du beurre demi-sel
sous mon aisselle
à présent je chancelle
et sur chaque parcelle
les fluides s'amoncellent
sous mon aisselle

Bobby termina la lecture de son poème en larmes, ses jambes peinaient à le soutenir. La femme voilée de noir sauta de son tabouret pour voler à son secours. Tout en l'aidant à se rasseoir, elle murmura en secouant la tête :

— L'axilisme aura eu raison de lui, comme tant d'autres. Qu'avez-vous pensé de cette première œuvre libératrice ?

— Dégueulasse, rétorqua Dan.

— Pas mieux, confirma Emma.

La femme fit comme si elle n'avait rien entendu et, après avoir tendu un verre d'eau à son collègue, se posta face à Emma et Dan pour réciter son texte.

d'abord une banane puis une carotte
suis mon fil d'Ariane
je suis ta marotte
ensuite une tomate et un pamplemousse
comme une automate
plus rien ne m'émousse
salade de fruits
tian de légumes
prends ton parapluie
prends garde à l'écume

La Dame en Noir, à genoux, les mains jointes au-dessus de la tête, éclata d'un rire démentiel.

— Avez-vous été transportés, candides soupirants ?

— La banane et la carotte, passe encore, j'ai moi-même testé, répondit Emma, blasée. Par contre, la tomate et le pamplemousse, je me désolidarise. Mais bravo pour la performance !

— Moi, la tomate et le pamplemousse me donnent des aigreurs, alors... conclut Dan.

Avant que la femme ne puisse poursuivre, le troisième poète en herbe, très discret jusqu'ici, se mit debout sur sa chaise comme pour mieux dominer l'assemblée et, sans préambule, vociféra :

Il vagabondait dans la ville
les doigts jaunis par les Dunhill
en picaro *des temps modernes*
le regard noirci par les cernes.
Au volant d'une voiture étrange
qui peine à rouler dans la fange
à la recherche d'arrêts de bus
où il pourrait jouer les Phébus.
Il proposait aux belles Hélène
de les raccompagner chez elles
avec un sourire rassurant
et cela malgré ses dix dents.
Les portières étaient verrouillées,
de sous le siège passager
il tirait une serviette blanche
pour sécher les cheveux de l'ange.
Puis, après les avoir humés,
jusqu'au bulbe il les avalait.
La fille pouvait s'époumoner,
il finissait toujours son mets.
Et le soir devant son miroir
la victime presque saine et sauve
contemplait sans vouloir y croire
le reflet de son crâne chauve.

— Ça vous dit quelque chose, n'est-ce pas,
Dan ? enchaîna l'homme, sans transition.

— Vaguement, oui. Un sentiment de déjà vu, s'étonna Dan.

— Vous ne comprenez toujours pas ?

— Absolument rien, non. L'impression d'être dans un mauvais film.

— Demandez-moi pourquoi il y a un tabouret de libre autour de la table, poursuivit l'homme.

— Pourquoi il y a un tabouret de libre autour de la table ? répéta sagement Dan.

— C'était celui d'un membre qui vient de nous quitter tragiquement. Un grand musicien qui avait trouvé le seul instrument qui lui procurait une jouissance illimitée. Son corps était comme une caisse de résonance qui amplifiait les vibrations, de sorte que chaque atome de son être recevait des décharges inimaginables au moindre frottement des cordes. Cet homme n'était que sensations. Je suis certain qu'aujourd'hui il est là, qu'il s'est réincarné en l'indicible, en l'inexprimable, qu'il continue d'être présent pour ceux qu'il aime. Car c'était bien cela qui le guidait. L'Amour. Avec un grand A.

Dan déglutit avec difficulté. Des frissons le parcouraient et ils n'avaient rien à voir avec une quelconque forme de jouissance.

— Albert, votre grand-père, étant un grand homme et un grand joueur de viole de gambe, Dan, affirma l'homme.

Les yeux de la Dame en Noir venaient de se poser sur le livre de *Gaspard de la Nuit* qui dépassait de l'une des poches du manteau de Dan. Elle sourit discrètement puis planta son regard dans celui du jeune homme.

— Alors Dan, ce mystère, vous l'éclaircissez ?

Puis, se tournant vers Emma :

— Et vous, ma douce, vous l'aiguillez ?

Dan se tint tout à coup l'avant-bras. La douleur était fulgurante. Les aiguilles du cadran de sa montre se mirent à tourner à toute vitesse. Les trois poètes se précipitent pour immobiliser son poignet et hurlèrent presque en même temps :

— Albert ? C'est bien toi ? À la bonne heure ! Montre-nous que c'est toi !

Une lumière aveuglante jaillit de la montre mais elle sembla épargner Emma et Dan qui purent s'enfuir sans que personne ne tente de les rattraper. Dans leur dos, ils entendirent la douzaine de cloches de la roue à carillons qui massacraient *Le Gibet* de Ravel.

Arrivés à leur appartement, Emma sortit sa valisette d'aquarelliste et Dan sa boîte de *cigarillos*. C'était leur façon d'évacuer, d'encaisser ce qui venait de se passer. Il était sans doute trop tôt pour réfléchir. Puis Emma, mine de rien, lui demanda ce qui se passait avec sa montre. Dan lui expliqua que, parfois, elle lui faisait mal, le serrait un peu trop. Une question de réglages, rien de plus.

Dan s'assit sur l'un des tabourets du balcon. Le ciel était mauve. Il entendait le bruit sourd de la circulation au loin sur le périphérique. Il regarda distraitement les fenêtres éclairées du bloc sur sa droite et les ombres qui se mouvaient derrière les vitres. Il remarqua que les volets du vieil homme étaient fermés. Il ne verrait pas la jeune femme ce soir. Quelques instants plus tard, un air de violon lui parvint depuis l'appartement du dessus. Au début, cela ressemblait aux premières notes du *Concerto pour violon n° 2 en si mineur* de Paganini. Mais, très vite, la musique se transforma en cacophonie. Dan rentra sans même fumer son *cigarillo*.

Pendant la nuit, ils dormirent l'un dans l'autre et, d'un regard, décidèrent de ne plus parler de l'épisode du bar. Du moins espéraient-ils ne plus avoir à l'évoquer...

Le lendemain matin, Emma eut du mal à se réveiller. Son rhume avait empiré et de grosses poches s'étaient formées sous ses yeux. Son nez était tout irrité à force de se moucher et elle gardait toujours la bouche ouverte pour respirer ce qui faisait rire Dan – intérieurement, bien sûr.

— Je vais prendre rendez-vous chez le médecin, déclara-t-elle, la mort dans l'âme. Emma détestait aller chez le docteur. Ce qu'elle redoutait le plus, c'était le contact du stéthoscope sur la peau. Un véritable nid à microbes, plus sale encore que les mains des médecins. Le meilleur moyen de repartir de la consultation encore plus malade.

— Ton médecin, Maribas, il prend sans rendez-vous ? poursuivit-elle.

— Oui le samedi matin mais c'est pas vraiment un médecin, je t'ai dit. Il a pas de salle de consultation, précisa Dan.

— S'il est dans l'annuaire et qu'il y a effective-ment un cabinet à son nom, c'est qu'il exerce en-core... On verra bien. De toute façon, ça coûte rien d'y aller demain matin. Sinon je prendrai un rendez-vous chez quelqu'un d'autre lundi.

Dan savait qu'Emma prenait en partie son his-toire au sérieux. Comment pouvait-il en être autre-ment après ce qu'ils avaient vécu la veille ? Elle avait beau se moquer de lui, elle espérait trouver des in-dices chez le médecin qui permettraient de relancer l'enquête. Car, quoi qu'on en dise, c'était bien d'une enquête qu'il s'agissait.

Emma et Dan cherchaient à percer le mystère du docteur Maribas.

QUATRIÈME PARTIE

Où l'on a un fil à la patte

Un

La salle d'attente était pleine à craquer. Bien que la température avoisine les zéro degrés à l'extérieur, il faisait une chaleur accablante dans la pièce. Des odeurs toutes plus désagréables les unes que les autres se mélangeaient. Celle du tabac brun – une vieille dame roulait ses cigarettes pour tuer le temps –, celle de l'anis – un homme parlait fort à son voisin et son haleine sentait le pastis –, celle de la peinture acrylique – une femme en bleu de travail en était maculée – et bien entendu celle de la transpiration. Des reproductions de tableaux jaunies par le temps décoraient les murs. *Le tubage* de Georges Chicotot, *Le médecin* de Samuel Luke Fildes et *La Leçon d'anatomie du docteur Tulp* de Rembrandt. L'homme qui parlait fort expliquait que le docteur Maribas avait été remplacé par son fils. Il espérait qu'il soit aussi performant. Maribas était réputé tant pour ses talents de généraliste que pour ceux de magnétiseur. Lorsque le nouveau médecin entra dans la salle d'attente pour appeler un patient – il fallait retenir sa position dans le lot pour ne pas se faire voler la place étant donné que l'on venait sans rendez-vous –, Emma le reconnut instantanément. La première fois qu'elle l'avait rencontré, elle s'était fait la même réflexion. Il ressemblait à Dan.

Le docteur se souvenait d'Emma lui aussi. Il n'avait pas du tout l'air étonné de la voir assise face à lui. Sur le bureau trônaient plusieurs mobiles dont un petit sablier emprisonné dans de la résine et des boules métalliques suspendues à des fils de nylon qui s'entrechoquaient entre elles. Une figurine en bois articulée était posée sur une grosse encyclopédie médicale. La pièce se divisait en deux parties. D'un côté, un divan d'examen et une table comportant tous les instruments nécessaires à une consultation. D'un autre côté, là où ils se trouvaient, le bureau du médecin. Rien à voir avec la description que Dan en avait faite. Le médecin esquissa un sourire.

— Emma, comment allez-vous ?

— Bien et vous ?

— Vous êtes sûre que tout va bien ? Dans ce cas, que venez-vous faire chez un médecin ?

— Je savais pas que vous étiez médecin.

— On peut être médecin et louer un appartement. Les deux, hum, choses sont compatibles. Mais je réitère ma question. Pourquoi venez-vous ?

— Un rhume.

— Alors nous allons voir ça.

Le docteur Maribas lui fit signe de se lever. Sans se déshabiller, Emma s'allongea sur le divan. Le généraliste prit son stéthoscope sur la table.

— Non, s'exclama Emma. De ce côté, ça va. Le cœur, je veux dire.

— Et les poumons ?

— Regardez plutôt mon nez.

— Allons, Emma.

Le regard que lança le médecin dissuada Emma de s'opposer plus longtemps à l'utilisation du stéthoscope. Il n'avait pas froncé les sourcils. Il n'avait pas perdu son sourire. Il l'avait simplement regardée avec une intensité telle qu'elle se tut quelques instants, n'osant plus ouvrir la bouche. Le docteur examina ensuite le nez et les oreilles d'Emma. Il reposa son otoscope en soupirant.

— Vous avez le nez bien pris. Voilà ce qui arrive quand on le met dans les affaires des autres.

Emma n'osait plus le regarder tant elle craignait un nouveau regard glaçant.

— Vous avez aussi les oreilles bien encrassées. Voilà qui vous empêchera d'écouter aux portes maintenant. Au moins, vous serez moins gênée par les pleurs de votre petite voisine.

Pendant qu'il rédigeait l'ordonnance, Emma remarqua qu'il avait un étrange tatouage dans le cou. Quelle signification pouvait-il bien avoir ? Alors qu'elle le fixait – peut-être un peu trop intensément – le médecin leva les yeux de sa fiche.

— Ah, ça ? demanda-t-il en désignant le dessin. Ma fille qui me l'a fait ce matin. Sympa, hein ? Au petit-déjeuner, juste avant de partir travailler. Ça fait pas très pro, je sais. Conneries de tatouages qu'ils mettent dans les *chewing-gums* maintenant.

Et comme pour prouver qu'il s'agissait d'un faux, il gratta quelque peu le tatouage qui s'en alla en partie sous ses ongles.

— Et voilà, conclut-il en tendant l'ordonnance à Emma. En espérant ne pas vous revoir de si-tôt. Je veux dire, je souhaite que vous restiez en bonne santé le plus longtemps possible.

Deux

Le parquet était jonché de paperasses administratives. Plusieurs fois, Emma avait glissé dessus, faisant sauter quelques rectangles de bois au passage.

— Mais c'est pas possible ! répétait-elle en se passant la main dans les cheveux. On en a plusieurs exemplaires en plus !

Depuis bientôt une heure, Emma et Dan cherchaient en vain leur contrat de location.

— On range toujours tout bien. Regarde. Tout est là. Même des trucs qui servent à rien.

Emma était revenue désorientée de son rendez-vous médical. Elle avait expliqué à Dan que le docteur Maribas – qui était bien l'homme qu'il avait rencontré (sans toutefois relever leur ressemblance physique) et qui avait bien une salle de consultation – était le propriétaire de leur appartement. Le nom de famille aurait dû les interpeller bien plus tôt. Ils étaient, certes, passés par une agence immobilière qui faisait office de mandataire mais l'homme s'était présenté à Emma dans la librairie et, de plus, le nom du propriétaire figurait sur le bail. Problème : ils n'arrivaient pas à mettre la main dessus.

— Ça sert à rien de s'énerver, tempéra Dan. C'est plus là, c'est plus là. Peu importe pourquoi, c'est comme ça. On est samedi, on peut rien faire de plus maintenant. On appellera l'agence lundi et on verra bien.

— Ça t'inquiète pas plus que ça toi ? Tu trouves pas ça bizarre ?

— Si, c'est sûr, c'est bizarre mais qu'est-ce qu'on peut y faire ? Qu'on règle ça maintenant ou lundi, ça change rien !

En vérité, Dan était inquiet. Mais pas parce que le contrat avait disparu, non. Ce matin, pendant qu'Emma était chez le docteur, il était sorti lire sur le balcon. Il n'arrivait pas à se concentrer. Il relisait sans cesse les mêmes lignes. Au début, il ne comprit pas ce qui le troublait. C'est en regardant le jardin collectif qu'il réalisa que le vieil homme n'était pas sorti téléphoner. D'ailleurs, cela faisait un bon moment qu'il ne l'avait pas vu. Plus personne n'ouvrait les volets de son appartement.

Le soir, alors qu'Emma prenait sa douche, le chauffe-bain lâcha. Ils avaient l'habitude de le relancer en faisant couler l'eau du robinet de la cuisine quelques secondes – assez longues pour les écœurer face à ces mètres cubes gaspillés – mais ce soir-là, l'appareil ne réagit pas. Emma dut finir sa toilette à l'eau froide. Dan, qui avait un jour aperçu un réparateur ouvrir une petite porte dans les escaliers pour bricoler des tuyaux, décida de mettre à contribution sa boîte à outils toute neuve. Il enfila des gants de sécurité et s'acharna à ouvrir la porte. À force de persévérance, il finit par accéder aux tuyaux. Alors qu'il se grattait la tête, se demandant par où commencer, il entendit la porte d'entrée claquer deux étages plus bas. Instinctivement, il se faufila comme il put entre les tuyaux et ne bougea plus. Des personnes montaient les escaliers en respirant bruyamment. Des objets métalliques s'entrechoquaient. Dan savait que l'œil d'Emma était collé au judas et elle avait dû le voir se cacher précipitamment. Les pas se rapprochaient. Dan ne savait pas pourquoi mais les battements de son cœur s'étaient considérablement accélérés. Deux hommes passèrent devant la cachette de Dan. Ils portaient des récipients qu'il n'avait pas rencontrés depuis les cours de chimie au collège. Des tubes à essai, fioles, ballons, béchers, burettes, cloches, entonnoirs dépassaient de deux énormes saladiers. Dan ne réussit pas à voir leur visage. Quelques secondes plus tard, la porte claqua au-dessus de sa tête. Il rejoignit Emma après s'être extirpé des tuyaux le plus discrètement possible.

— Tu as pu voir leur tête à travers le judas ?

— Non. Ils avaient des cagoules.

Dan et Emma s'étaient pris au jeu. Ils avaient peur maintenant. Une peur irrationnelle puisque, lorsqu'ils résumèrent une nouvelle fois leur enquête, ils n'y décelèrent rien d'alarmant.

— Ce qui est flippant, ce sont ces obsédés de poètes qui connaissaient nos prénoms et ton grand-père. Mais bon... Après tout, on vient toujours dans ce bar et c'est possible que ton grand-père aussi. Ce qui est bizarre, c'est la sorte de mise en garde de Maribas quand il t'a dit d'arrêter tes recherches et qu'il m'a dit d'arrêter de fouiner, résuma Emma. Le reste, c'est que des coïncidences qui, finalement, ont pas grand intérêt. Le cri, le livre,...

— Y a pas de coïncidences.

— Arrête avec ça.

— Y a forcément du sens à tout ça. Rien n'arrive par hasard. Oublie pas que *Gaspard de la Nuit* se trouvait dans la boutique où tu as rencontré Maribas ! « Bertrand » Maribas d'ailleurs...

— Bertrand, c'est le père, non, si j'ai bien suivi ? Et puis quoi ? Y en a partout des *Gaspard de la Nuit* dans n'importe quelle librairie ! Et le gars aurait pu s'appeler Gaspard Maribas ça aurait rien changé. C'est un coup de bol, ou de malchance, comme on veut.

— Tu fais comme si ça t'atteignait pas, comme si tu voyais là que des coïncidences parce que tu as peur et tu oses pas te l'avouer.

— Mais non. Y a des trucs chelous, d'accord. Je veux même bien concéder que c'est pas des coïncidences pour te faire plaisir. Mais alors ? À quoi bon chercher du sens ? Après tout, si on doit découvrir quelque chose, ça viendra à nous non ? Si tout est écrit comme tu dis...

Au même moment, coïncidence ou non, un rai de lumière entra dans la pièce et les éblouit une fraction de seconde. Puis, il disparut. Emma et Dan sortirent sur le balcon. Un nouvel éclair leur fit détourner les yeux. Emma parvint tout de même à isoler la source lumineuse. Elle provenait de l'appartement du vieil homme.

— Les volets sont de nouveau ouverts, murmura Dan.

— Va chercher ta caméra ! ordonna Emma.

— Hein ?

— On a pas de jumelles. Va chercher ta caméra !

Dan se précipita pour sortir le caméscope de son carton. Il alluma l'appareil et le tendit à Emma qui prenait les choses en main. Elle orienta l'objectif en direction de la fenêtre d'où provenait la lumière et zooma. L'image était pixelisée et Emma activa le « mode nuit ». Pendant quelques secondes, ils ne distinguèrent rien. Les volets étaient toujours ouverts mais rien ne bougeait derrière la fenêtre. Puis, la jeune femme que Dan espérait entrevoir quand il fumait son *cigarillo* apparut sur le petit écran de la caméra. Elle eut le temps d'effectuer un geste brouillon avant qu'une ombre ne l'empêche d'être plus explicite. On tira brusquement les rideaux.

— On fait quoi ? On prévient la police ? demanda Emma après s'être agrippée à la rambarde du balcon comme si elle pouvait s'effondrer à tout moment.

— Et pour leur dire quoi ? On a que dalle. Juste une fille qui gesticule derrière une fenêtre. C'est mince, répondit Dan, sceptique.

— On pourrait leur montrer la vidéo, ils en feront peut-être quelque chose.

— Quelle vidéo ? T'as pas déclenché l'enregistrement !

— Et merde.

Ils demeurèrent quelques instants à fixer la fenêtre du vieil homme. Entre temps, les lumières s'éteignaient chez certains voisins. Les bruits alentours s'amenuisaient et le silence les envahit peu à peu. Emma et Dan se regardèrent longuement dans les yeux et, sans se concerter verbalement, ils hochèrent la tête puis s'habillèrent pour sortir.

— On ferait mieux de pas passer par l'extérieur. On sait jamais, déclara Emma alors qu'ils s'apprêtaient à enfoncer le bouton de la porte d'entrée.

Dan la suivit dans l'escalier qui menait au sous-sol. Emma, de plus en plus nerveuse, ne parvint pas à ouvrir la porte du premier coup. Elle essayait d'insérer la clef dans la serrure en ne la présentant pas dans le bon sens. Dan posa doucement sa main sur la sienne pour la calmer. Le sous-sol permettait de rejoindre le jardin collectif mais aussi les caves et les séchoirs. Ces derniers étaient alignés le long d'un couloir étroit et privé de lumière qui menait au bloc du vieil homme. Emma et Dan le traversèrent à tâtons avant de déboucher dans le nouvel immeuble.

D'après leurs calculs, l'appartement où se trouvait la jeune femme en détresse était au quatrième étage. Ils montèrent les marches une par une sans activer l'interrupteur. Quand ils furent arrivés au bon palier, Emma retint Dan par le bras.

— Arrête-toi. Et si on nous attendait ? Si quelqu'un était derrière la porte et regardait par le judas ?

Tous ces judas autour d'eux comme autant d'yeux pour les épier. Comment être discret dans de telles circonstances ? Tant pis. Le risque était inévitable. Dan ignora la douleur qui s'intensifiait dans son poignet et alluma son briquet pour lire la petite étiquette collée à la sonnette.

Ce briquet, il l'avait trouvé à Cologne lorsqu'ils y étaient allés pour le Nouvel An. Dan ne comprenait pas pourquoi mais il repensait à ces vacances dans ce moment peu opportun. Emma et lui se tenaient serrés autour d'un tonneau en plein milieu d'un marché de Noël. Ils avaient commandé des petits bols de *Glühwein* pourvus d'une tige en métal surmontée d'un sucre imbibé de *schnaps* qui flambait. Deux Belges les avaient accostés. Ils étaient bien éméchés et leur avaient proposé de tirer des feux d'artifice depuis le toit de leur hôtel. Joignant le geste à la parole, l'un d'eux avait allumé une fusée qu'il avait plongée dans un verre à bière *Kölsch*. Ils s'étaient rapidement fait chasser du marché de Noël. Au moment de partir,

Dan avait récupéré le briquet du Belge, oublié sur le tonneau à côté du verre maintenant éclaté.

Bertrand Maribas. Dan relisait pour la troisième fois le nom du médecin sur l'étiquette quand il entendit Emma ouvrir la porte. Il écarquilla les yeux comme pour signifier « T'es folle ou quoi ? » mais il était maintenant trop tard pour reculer.

L'appartement avait la même configuration que le leur. À droite se trouvaient les toilettes et la salle de bain. Les deux portes étaient entrouvertes et personne ne semblait caché derrière. En face d'eux, la chambre à coucher. Emma se désigna d'une main pour faire comprendre à Dan qu'elle y allait et pointa son œil du doigt pour lui signifier qu'il devait faire le guet dans le couloir. Dan fixait la porte à sa gauche qui menait à la pièce de vie. Elle était fermée. Il espérait qu'elle ne s'ouvre pas brutalement.

Emma pénétra dans la chambre. Comme elle s'y attendait, personne ne s'y trouvait. Le lit était défait. Elle s'approcha de la table de chevet sur laquelle était posé un dossier à la couverture rouge. Elle venait de le saisir quand elle entendit Dan dans son dos.

— On rentre, y a personne.

— Comment tu le sais ?

— Je suis allé voir l'autre pièce. Y a rien. Une table, deux chaises, un canapé, une télé. Normal quoi. Évidemment, pas de fille, pas de trace de lutte ou quoi que ce soit.

— T'y es allé sans moi ? Mais c'est hyper dangereux !

— Et toi tu fais quoi là d'après toi ? Et puis j'allais pas rester dans le couloir comme un con. Viens maintenant. On rentre.

Ils ne croisèrent personne sur le chemin du retour. La pression était redescendue et Emma paraissait beaucoup plus sereine. Presque déçue.

— Tu t'es prise au jeu, hein ? lâcha Dan d'un ton vaguement moqueur. Mais maintenant on est dans de beaux draps si on porte plainte pour effraction.

— Quelle effraction ? On a rien volé et puis la porte était ouverte, se justifia Emma, de mauvaise foi.

— Ouais, t'as raison.

— Enfin. Rien volé... Juste ça quoi.

Emma sortit le dossier rouge de sous son manteau. Dan ne fut même pas étonné. Il l'aurait été si Emma n'avait rien rapporté de leur périple.

— Bravo, dit-il simplement.

Trois

Les feuilles au format A4 étaient poinçonnées et liées entre elles par un simple fil de laine noir. L'encre n'était pas partout de la même couleur et les mots étaient tantôt obliques, tantôt écrits en patte de mouche. Plusieurs personnes avaient rédigé ces notes. Le premier texte s'apparentait à un poème.

« Ô ma Diane chasseresse
cent fois je te l'ai répété
baisse ta garde, je te perce à jour
et c'est une hécatombe.
Ô devenue ma Briséis
si tu dérives, je te brise.
Si tu prends un nouveau virage
la Virago perd son emprise.
Je braverai ma Bradamante
mon bras empêchera l'amante
de se lancer à ma poursuite
m'opposer sa magique lance.

Ô ma martiale Bellone
tu es si belle quand tu te donnes
et que vidée de tout ton suc
dominée, tu m'offres ta nuque. »

Les deuxième et troisième textes semblaient avoir été écrits par une seule et même personne. Il s'agissait cette fois-ci d'une forme hybride que ni Emma ni Dan ne purent qualifier.

« Rubens aurait pu peindre ses hanches et Buffet esquisser ses traits saillants. Ses yeux mi-clos aux cernes épaisses convergeaient vers un point qui m'échappait, sans doute l'auteur du cliché. Ses défauts me fascinaient. Les détails de son anatomie m'étaient dévoilés grâce aux différents points de vue des photos. J'accordais plus d'intérêt aux fines fissures blanches qui hachuraient l'intérieur de ses cuisses qu'à sa poitrine presque trop parfaitement dessinée. Je m'extasiais devant les légères cicatrices cutanées qui surgissaient çà et là sur son visage pâle. Comme ses imperfections la rendaient belle !

Tout en me laissant aller à l'inventaire de ses défauts, je me découvrais une obsession pour les marques corporelles jusqu'ici méconnue. Sur chacun des quatre clichés que j'avais en ma possession, la femme inconnue arborait une coupe de cheveux différente. Tantôt courte, tantôt longue, avec ou sans frange, sa chevelure changeait aussi de couleur. »

« Combien de fois t'ai-je vu nue ? Cambrée à la fenêtre de ma garçonnière, à la lumière du réverbère. Le corps marqué par nos parties de jambes en l'air comme traînée dans les orties face contre terre. Combien de fois ai-je senti ton talon sur mon sternum jusqu'à manquer d'air à la merci de tes yeux verts ? Le cœur battant sous l'appétit de surenchère comme une traînée sans empathie si terre à terre. Et aujourd'hui... Tout au fond de la pièce, une forme alitée. Une lampe cercle sa tête d'un halo bleuté. Elle a tout d'une icône. Les tubes à néon

éclairent ceux en silicone. Je ti-
tube. Tu t'enquières :

— Laisse-moi te déifier,
te déshumaniser, continuons au
ciel nos éternels ébats. Est-ce
parce que je suis vieille que tu
baisses les bras ?

— Les traces sur tes
bras jadis venaient de moi. Elles
témoignent à présent du passage
des ans. Face à notre jouissance,
nous ne sommes plus égaux. Le
regard que tu lances me fait froid
dans le dos. Lorsque je te re-
garde, je ne ressens plus rien. Je
veux que tu te gardes de me don-
ner la main. La mienne n'est
plus pour toi...

Une dernière fois je t'ai vu
nue. Allongée sur un lit de fer.
Sans étincelles dans tes yeux
verts. Le corps marqué par tant
d'hivers. D'ores et déjà six pieds
sous terre. »

Ensuite, venaient deux textes d'une même écri-
ture, différente de la première.

« *J'étais allongée au milieu du cercle, repue. Je me concentrais sur les battements de mon cœur que je tentais de ralentir. Les ébats m'avaient épuisée et mon corps malmené aspirait au repos. Malgré mon état d'épuisement, je me sentais légère. Légère et pourtant remplie. On était entré en moi, on s'était approprié mon intimité. Chacun y avait laissé un peu de soi. J'en étais sortie plus complète, riche d'expériences étrangères qui m'appartenaient maintenant. J'acceptais mon sort, je l'avais même choisi. Délibérément, j'endossais le rôle de proie facile pour ne pas avoir à opposer de résistances vaines. Tout en m'épuisant, je me nourrissais de leurs efforts et dès le travail achevé je me remettais d'aplomb, toujours plus forte. Les hommes se tenaient debout autour de moi, leur sexe tendu à la main comme autant de poignards dirigés contre moi. La partie de jambes en l'air avait été comme une mise à mort temporaire. À force de me bruta-*

liser et de me pénétrer à plusieurs, ils m'avaient fait saigner. Suite au coup de couteau, j'avais perdu connaissance quelques instants. Je ne pourrais dire si c'était la conséquence du plaisir ou de la douleur. La douleur procurant du plaisir, il s'agissait sans doute d'un mélange des deux. À mon réveil d'autres hommes s'affairaient, mécaniquement. Si eux ne modifiaient pas a priori *leurs plans, pour moi c'était différent. Mon bref évanouissement m'avait procuré une sensation étrange. Une sensation d'invulnérabilité. Un nom me vint à l'esprit. Antonia. Il m'apparaissait comme une évidence. Je m'appellerais dorénavant Antonia. »*

« Un corps n'est beau que lorsqu'il est souillé. Je répétais inlassablement cette phrase, les yeux rivés sur le plafond du garage. Les hommes se rhabillaient. Certains étaient déjà partis. Tout en réfléchissant à ma nouvelle

maxime philosophique, je faisais glisser un doigt sur les traînées de sperme qui maculaient mon ventre. La souillure, c'est évidemment à un premier niveau celle que je touche à l'instant. Elle n'a rien de répugnant, bien au contraire. Elle témoigne de l'attractivité que mon corps conserve malgré l'âge. Mon âge que je tente d'oublier en renaissant sans cesse et en puisant toujours plus de force chez mes partenaires. Tôt ou tard, il me rattrapera. Mais pour le moment, mon anatomie souillée me rassure sur mon potentiel. Si des hommes jouissent sur mon corps, c'est parce qu'il leur fait envie. La souillure, c'est aussi celle qui s'accumule sur ma peau au fil du temps. Les griffures d'un amant maladroit transformées en cicatrices. Les brûlures dues à la cire d'une bougie lors d'expériences masochistes. Ces souillures ne sont belles qu'a posteriori. *Lorsque les ans ont passé et que je me regarde dans la glace en me*

disant que j'ai des choses à ra-
conter, que j'ai vécu ma vie, que
chaque parcelle de mon corps a
son histoire. Des histoires pas
toujours belles mais c'est beau de
prendre le risque de garder sur
soi une trace indélébile du pas-
sé. »

Emma et Dan refermèrent le dossier. La che-
mise cartonnée rouge était humide. Le manteau
d'Emma devait être mouillé ou bien le stress l'avait
fait transpirer.

— T'en penses quoi ? demanda-t-elle.

— Que c'est pas nos oignons, trancha Dan.

— Tu te fous de moi ? C'est toi qui as com-
mencé je te signale !

— Oui, c'est vrai. Mais maintenant je pense
qu'on devrait arrêter. Ça va trop loin. Ça nous regarde plus et puis tu es...

Un cri à l'étage. Non. Plutôt une plainte étouf-
fée.

— OK, on y va, soupira Dan, à contre-cœur.

Ils gravirent les marches deux à deux. Plus
question de faire dans la discrétion maintenant qu'ils
sentaient, sans oser se l'avouer, qu'ils faisaient partie
intégrante de toute cette histoire. La porte était ouverte. Cette fois-ci, c'est Dan qui entra le premier.
Encore et toujours la même configuration. Il alla di-

rectement à gauche dans la pièce de vie. Il s'arrêta net. Emma le heurta.

Au premier plan, une femme nue était allongée sur une table d'opération et ses membres y étaient sanglés. Elle était bâillonnée. Voilà pourquoi le cri semblait étouffé. À première vue, personne d'autre ne se trouvait dans la pièce. Dan et Emma s'approchèrent de la prisonnière. Dan remarqua les diverses marques qui parsemaient son corps. Antonia, pensa-t-il. Des hanches comme chez Rubens. Des traits comme chez Buffet. Il était tellement occupé à observer la femme – qu'il avait imaginée beaucoup plus jeune, sûrement parce qu'il n'avait pas pu apercevoir les détails de son visage depuis le balcon – qu'il ne pensa pas à lui ôter son bâillon. Emma s'en chargea.

— J'ai voulu vous prévenir depuis la voiture quand je vous ai aperçus à l'arrêt de bus... J'ai pas pu faire mieux... Pardonnez-moi... Mais quand j'ai su... Et cette nuit, les signaux... Ils m'ont enfermée, je pouvais rien faire de plus... Pardon, pardon. J'ai compris trop tard... Ils m'ont piégée. Ils vous ont piégés. Tout était prévu. Tout était écrit, débita la femme avec peine.

— Comment vous saviez qu'on était là le soir où vous avez crié ? Comment vous saviez que j'allais faire des recherches et tomber sur votre...sur votre maître, c'est bien ça ? questionna Dan.

— Vous voulez pas me détacher avant qu'on en parle ?

À ce moment-là, le rideau ondula et un homme apparut.

Bertrand Maribas.

— Qu'est-ce que vous foutiez derrière le rideau ? demanda Emma.

— Effet de surprise, sourit l'homme.

— C'est raté. Vous auriez dû arriver par derrière.

C'est alors qu'Emma entendit un « bouh ! » dans son dos. Le couple se retourna.

— Et cela, est-ce raté ?

Le vieil homme, si familier, leur faisait face, son téléphone portable à la main. Il le porta à son oreille.

— Je te rappelle.

Après avoir raccroché, il leur fit signe de s'asseoir. Il n'avait plus rien du petit vieux assis tous les jours sur le même banc. Au moment où Emma et Dan prenaient place, ce dernier remarqua que, derrière la table d'opération, un plan de travail était jonché du matériel de chimie que les deux hommes avaient apporté plus tôt. Les récipients n'étaient plus vides. Des liquides aux couleurs indescriptibles bouillonnaient, fumaient, giclaient dans tous les sens. Dan se demanda comment il avait pu ne pas être tout de suite attiré par cette profusion de bruits, de couleurs, d'odeurs en entrant.

— Voulez-vous boire quelque chose ? demanda le vieil homme en désignant les mixtures qu'Emma aussi observait à présent. Non. Je rigole. Je suis très blagueur, vous savez. Mais je crois savoir que, vous aussi, vous aimez les blagues. En tout cas, je vous ai souvent vu rire le soir blottis sur le canapé à regarder ces idioties américaines. C'est fou comme les jeunes sont influencés par la culture – je ne sais pas si on peut vraiment parler de culture – étatsunienne. Toujours est-il que vous riiez moins quand vous preniez votre douche. Désolé pour le chauffe-bain. Il faudra que je le fasse réparer rapidement.

Emma et Dan attendaient sagement la suite sur leurs chaises. Comme des spectateurs attendant le dénouement de l'intrigue.

— Dans les bouches d'aération. Les caméras, je veux dire, reprit le vieil homme. Derrière les grilles. Et aussi dans le détecteur de fumée. Et le boîtier de la sonnette. Si vous les aviez découvertes, hé bien, on aurait improvisé.

Le docteur Maribas, qui était resté debout près du rideau, interrompit le vieil homme.

— C'est mon père. Bertrand Maribas. Moi, c'est Bertrand Maribas aussi. Junior, si vous voulez.

— Inutile de leur préciser, reprit le vieil homme. Je pense qu'ils auraient compris sans ton intervention. Mon fils a repris le cabinet mais ça, vous le saviez. Avant cela, il a été un brillant étudiant en chimie.

En souriant, il désigna le plan de travail, ce qui était inutile. La femme, toujours allongée sur la table, ne bougeait plus comme si elle cherchait à disparaître, quitter cette étrange réunion. Bertrand Maribas Junior, qui paraissait vexé de la réprimande de son père, regardait par la fenêtre.

— C'est une nuit idéale, père. Regardez la lune. C'est une belle nuit pour enfanter.

Il quitta la fenêtre et alluma un bec Bunsen posé à côté d'un petit bocal opaque. Il en sortit une salamandre noire et jaune qu'il tenait par la queue. Celle-ci ne se débattit pas. Peut-être était-elle morte. Il la laissa suspendue quelques instants au-dessus de la flamme puis abaissa son bras. La salamandre se mit alors à ondoyer tranquillement. Elle ne semblait pas essayer de s'échapper.

— Aloysius Bertrand, le poème *La Salamandre...* murmura Emma qui paraissait hypnotisée par la vue du feu.

— C'est exact, acquiesça le vieux Maribas. Quand on lit entre les lignes, *Gaspard de la Nuit* vaut bien mieux que n'importe quel traité de magie. Les clefs sont sur la porte comme on dit. N'est-ce pas Dan ?

Ce dernier hocha la tête. Il avait renoncé à comprendre, ce qui n'était pas le cas d'Emma.

— On a le droit à des explications ? C'est la moindre des choses, non ? Notre récompense pour avoir aussi bien joué le jeu !

— Vous avez raison, reprit le vieil homme. Je vais faire bref car nous n'avons plus beaucoup de temps. Chez les Maribas, nous appartenons de père en fils à la guilde du Tesseract. Nous essayons de faire revenir Oufangos, notre Souveraine. Une femme d'une force de caractère incroyable, une Diane en puissance qui apparaissait dans un poème de Bertrand que nous seuls connaissons. Notre Reine a la singularité d'avoir une sexualité compulsive tout en restant vierge. Je passe sur l'intérêt que nous avons à la faire revenir, vous n'y comprendriez rien. Après plusieurs siècles de recherches, oui, oui, j'ai bien dit siècles, nous avons enfin trouvé le moyen de la ressusciter. C'est vous, Emma, qui allez l'enfanter. Nous avons besoin d'une femme forte – comme l'était Oufangos – en quête du plaisir sexuel mais vierge. C'est votre cas Emma. Vous vous adonnez à différents jeux érotiques avec Dan – massage prostatique, fétichisme des ballons, masturbation clitoridienne et j'en passe – mais n'avez jamais été pénétrée. Nous avons besoin de vos ovules. Nous croyions qu'il nous fallait les mélanger avec ceux de cette... traînée qui a tout vécu (il désigna la femme qui n'esquissait toujours aucun mouvement) mais nous nous étions trompés. Pas de pôles opposés pour la Résurrection. Maintenant, le sperme. Il n'y en aura pas. Oufangos n'a pas besoin de semence mâle pour renaître. Fils, as-tu fini de concocter le liquide reproducteur ?

— C'est presque prêt, père.

— Bien. Dan, inutile de vous lever, vous vous doutez bien que nous ne sommes pas seuls. Je vous déconseille d'opposer une quelconque résistance. Si nous voulons tout faire dans les règles de l'art, il me reste à vous demander si vous avez un dernier mot à ajouter...ou une dernière volonté.

— Un dernier mot suffira, lui répondit une voix surannée.

Tous se retournèrent pour apercevoir la Dame en Noir, la sitophile rencontrée dans le *pub* irlandais *Brighit's House*. Yeux plissés, sourire carnassier, elle observait la scène les mains sur les hanches.

Docteur Maribas Senior sembla vieillir d'une dizaine d'années en une fraction de seconde. Il ferma les yeux un court instant.

— Je connais ce dernier mot. En fait, il y en a cinq, déclara-t-il d'une voix fatiguée, sans paraître étonné.

— Emma n'est pas vierge, murmura la Dame en Noir.

— C'est donc pour cela qu'Albert n'a jamais fait qu'alerter Dan sans pour autant le stopper complètement. Je savais qu'il y avait anguille sous roche, déclara le vieil homme, amer.

Puis, s'adressant à Bertrand Maribas Junior, il souffla :

— Fils, ta mère m'a trompé. Elle n'est pas la descendante de Fortuna. Elle a brisé une branche de notre arbre. Peut-être la plus robuste. Mais le bourgeon ne pourra jamais éclore. Il va encore falloir attendre. Dan, Emma, merci. Vous m'avez donné de l'espoir et m'avez permis de toucher au but. Mes efforts seront récompensés, je le sais. Partez maintenant. Je dois m'occuper de ma Descendance. Quant à vous, Madame, qui arrivez comme un *deus ex machina*, j'espère ne jamais vous revoir.

Dan et Emma s'en allèrent accompagnés de la Dame en Noir, poétesse amateure et sitophile. Ils se sentaient tous deux apaisés. Quand ils regardèrent une dernière fois le vieil homme et son fils, le premier leur sourit faiblement. La femme sanglée à la table, quant à elle, ne bougeait toujours pas comme si elle n'avait été tout ce temps qu'un vulgaire mannequin. Ou l'énième victime féminine d'un mauvais roman, à peine esquissée, à peine nommée, torturée pour le bon plaisir du lectorat masculin.

Emma et Dan ne le surent jamais mais, alors qu'ils descendaient les marches pour rejoindre leur appartement, le docteur Maribas avait ôté les clefs de la serrure de la porte et les avait jetées aussi loin que possible par la fenêtre.

Note de l'auteur

Où l'écrivain interrompt brusquement son récit

Si vous appréciez les *cliffhangers,* c'est-à-dire les fins ouvertes qui vous laissent sur votre faim, où l'auteur décide de ne pas dénouer son intrigue par paresse, incompétence ou manque d'imagination, arrêtez-vous ici. Après tout, vous n'êtes plus à une déception près et vous avez probablement lu la majorité de ce texte en diagonale.

Dans le cas où vous souhaitez briller en société en déclarant avoir parfaitement compris l'histoire de *Maribas ou les balles bondissantes*, les explications laborieuses qui suivent vous combleront.

PREMIER ÉPILOGUE

Où l'on vous donne du fil à retordre

Les yeux vairons de la Dame en Noir fixaient la tasse de *rooibos* qui lui brûlait les mains. Elle tentait de remettre de l'ordre dans ses idées afin de satisfaire au mieux les attentes d'Emma et Dan. Il leur fallait comprendre l'essentiel mais trop entrer dans les détails n'était bénéfique pour personne. De toute manière, elle n'était pas un personnage omniscient et ses explications seraient donc limitées à sa propre perception des événements.

— Y a-t-il quelque chose que vous voulez savoir en particulier ? Un angle qui vous paraît approprié pour débuter mon monologue ? commença-t-elle.

— « Qui êtes-vous ? » serait un bon début, proposa Emma.

La Dame en Noir se racla la gorge, ce qui n'eut pas pour effet de désenrouer sa voix. Bien au contraire.

— Je m'appelle Mariette. Je suis agent de nettoyage cordiste, spécialisée dans les écrans de cinéma. Mais c'est juste mon gagne-pain. Ma grande passion, vous l'avez compris, c'est la poésie. Et le « Beau Parler » qui, je le précise, n'écorche pas la langue. Là, dans les circonstances actuelles, je me contenterai d'un lexique de base pour éclairer votre lanterne.

Je fréquente donc le club du *Sexe des Poètes Incongrus*, fondé par Albert, votre grand-père. (Elle fit un clin d'œil inattendu à Dan.) Il nous parlait beaucoup de toi, mon grand et, par ricochet si j'ose dire, de toi, Emma.

Vous le savez tous les deux, Albert était sans doute le plus grand joueur de viole de gambe que le monde ait connu. La légende dit qu'il n'a jamais joué de fausse note. C'est pourtant bien une légende et non une vérité. Il s'est trompé une fois. Une unique fois. Assez unique pour qu'il nous en parle au club.

Une nuit, alors qu'il jouait pour la énième fois une sonate de Carl Friedrich Abel (ne me demandez pas laquelle, je n'y connais rien...), il entendit un hurlement qui le fit tressaillir, assez pour qu'il se déconcentre et commette l'irréparable. Jouer une fausse note.

Ce hurlement n'avait rien d'un cri de douleur. C'était même tout le contraire. Du plaisir à l'état pur. Une délivrance. Une apothéose. Et là, c'est assez rare pour le souligner, les mots me manquent pour qualifier votre orgasme, Emma. Car c'est bien de cela qu'il s'agit. Vous avez eu cette nuit-là votre premier orgasme avec la complicité de Dan. Et cet orgasme faisait suite à un...une...un acte pénétratoire. J'en perds mon latin, hum.

— Attendez, attendez, la coupa Emma, dubitative. Je me souviens de ce moment, évidemment, mais comment Albert était-il certain que c'était ma première fois et, surtout, qu'il y a eu pénétration ?

— Ça, vous ne voulez pas le savoir, très chère...

Mariette fit une nouvelle fois un clin d'œil appuyé à Dan, plus approprié que le précédent. Celui-ci se mit d'ailleurs à rougir instantanément. Emma lui lança un regard assassin, pinça les lèvres mais se retint de tout commentaire.

— Ah, je vois. *No comment.* Poursuivez Mariette...

— Où en étais-je ? Le club, le rapport avec Albert, votre première f...pénétration. Il faut maintenant vous parler du lien entre Maribas et Albert.

Tout comme vous, Dan, votre grand-père souffrait d'insomnies et il était allé consulter tous les spécialistes possibles pour l'aider à retrouver le sommeil. En vain. Désespéré, il avait fini par se tourner vers une magnétiseuse. Petit aparté pour vous préciser que, me concernant, c'est le premier spécialiste que je consulte en toute occasion. Ce n'est pas un dernier recours pour moi. J'y crois et, si comme partout il y a des charlatans dans cette profession, il y a aussi des personnes hors du commun qui vous font un bien fou. Bref. Pour Albert, c'était toucher le fond que de rencontrer cette magnétiseuse. Et, manque de bol, c'était une arnaqueuse. Elle n'avait aucun don mais se disait la descendante de Fortuna. Apparemment, ça lui conférait des pouvoirs mais ne me demandez pas d'entrer dans les détails. Il y a Internet pour ça. Il n'empêche qu'elle finit par assurer que l'appartement d'Albert comportait une charge sexuelle trop intense, tellement pesante qu'elle l'empêchait de dormir. De fil en aiguille, il dut lui donner des précisions et parla des jeux érotiques que vous pratiquiez sous son toit, petits polissons. Ah, les premiers mois d'une relation... On ne peut pas se retenir. Même quand le vieil homme qui vous héberge se trouve à quelques mètres de vous.

— Mais comment Albert connaissait-il la nature exacte de nos jeux ? s'exclama Emma, effarée. Il nous matait, c'est ça ? C'était sa rétribution pour nous loger gratuitement ?

Silence radio.

— Je poursuis, si vous le voulez bien, reprit Mariette. Vous vous expliquerez plus tard. Si je peux juste me permettre, c'est déjà bien d'avoir pu vivre ensemble dès la naissance de votre idylle, même si ce n'était pas dans votre propre nid. Mais passons.

Nous avons donc Albert qui évoque votre vie sexuelle (sans pénétration à ce moment-là, c'était avant l'Orgasme) auprès de la magnétiseuse qui n'est autre que la compagne de Maribas Père. Sans doute avait-elle ses raisons mais elle lui parle d'Emma qui est la parfaite candidate à l'enfantement d'Oufangos. Je n'ai jamais bien compris cette histoire... Chacun ses *hobbies*.

Maribas Père, homme érudit mais étonnamment candide, la croit sur parole et Emma devient son obsession, la condition *sine qua non* à l'accomplissement de son rite. C'est-à-dire au retour d'Oufangos. Vous suivez ?

Il envoie donc son fils, Maribas Junior, vous fi-
ler le train en fouinant dans les lieux que vous fré-
quentez le plus, c'est-à-dire la bouquinerie et le *pub* irlandais *Brighit's House*. Avec mes amis poètes, nous
l'avons tout de suite repéré : rien ne nous échappe
dans notre repaire. Nous y sommes intouchables car
la déesse Brigid – dont le nom compte au moins
treize graphies – veille sur nous. Elle est la protec-
trice des Poètes.

Tout a fini par s'imbriquer. Par amour pour Albert, nous, membres du *Sexe des Poètes Incongrus*, de-
vions garder un œil sur vous et nous renseigner sur
les réels desseins des Maribas. Nous voulions garder
nos distances et puis, la curiosité grandissante, nous
vous avons approché.

Comme je le disais, Maribas Junior vous épiait
et il se rendit rapidement compte que cela faisait plusieurs mois qu'il vous voyait en rêve. Le pauvre gar-
çon... Quelque peu cintré, il n'y a pas d'autre mot.
Cela le conforta dans son idée – à moins que ce soit
celle de son père – de vous louer un appartement,
préalablement bardé de caméras indétectables. Oui,
oui. Comme dans un film policier.

Sur les bandes vidéo, on ne vous voit jamais
être pénétrée, Emma, et les deux Maribas finirent par
mettre leur plan à exécution et, pour conclure un peu
abruptement, voilà pourquoi vous vous êtes retrou-
vés tous les deux au centre de ces... péripéties. Ce

n'est tout compte fait qu'un concours de circonstances. Des questions ?

Dan ne put s'empêcher de sourire et sa lèvre supérieure resta collée à ses dents car — rappelons-le — il avait tout le temps la bouche sèche. Des questions, il en avait des tas. Toutes ne suffiraient jamais à démêler un tel sac de nœuds. Pour peu qu'il y ait réellement un quelconque intérêt à le démêler...

— J'ai deux questions, annonça-t-il, d'un air résigné. La première, c'est quoi le problème avec ma montre ?

Du doigt, il pointa son poignet comme pour préciser à Mariette ce qu'était une montre.

— Comme je l'ai souvent répété, chacun ses croyances, répondit Mariette, la Dame en Noir, poétesse amateure, sitophile et gardienne des clefs de notre histoire. Mes amis du club et moi-même croyons en la réincarnation. Nous sommes de fervents admirateurs de Pindare pour ne citer que lui. Albert était trop plein de sensations pour qu'elles ne lui survivent pas et le seul élément qui ne le quittait jamais, qu'il n'a jamais retiré même sous la douche, rendez-vous compte, c'est cette montre. Elle avait une valeur inestimable à ses yeux mais il n'a jamais voulu nous dire de qui il la tenait. Personnellement, je pense qu'elle avait appartenu à Aloysius Bertrand. Encore lui. Avant que vous ne criiez au scandale, sachez que je suis consciente qu'on attribue la première montre à bracelet à Louis Cartier en 1904. A tort. Dès le XVe siècle, presque cent ans avant l'invention de la première montre portative, l'horloger Jacquemart Yolem avait imaginé un prototype semblable à celui que portait Albert. Est-ce le fruit du hasard si Aloysius Bertrand évoque ce fameux Jacquemart dans *Le Clair de Lune* ? Toujours est-il qu'une partie de l'âme d'Albert est maintenant enfermée dans cette montre et que votre grand-père, Dan, vous prévient d'un danger à travers elle.

A nouveau, Dan pointa du doigt son poignet et tapota sa montre comme lorsque l'on vous reproche d'être en retard.

— Seconde question : comment êtes-vous arrivée à temps pour nous sauver ?

Mariette se gratta le menton avant de répondre.

— Au moment de votre fuite précipitée du club, une lumière éblouissante a jailli de ta montre, Dan. Cette fois-ci, Albert vous a prévenu d'un danger plus important et imminent. En plus, la roue à carillons s'est mise à tourner toute seule. Encore un coup d'Albert, j'imagine... Je me suis donc rapprochée de vous pour vous tenir à l'œil en cas de gros pépin.

— Attendez, attendez, s'exclama Emma, interloquée. Comment avez-vous fait pour nous tenir à l'œil, comme vous dites, sans qu'on s'en aperçoive ? Et, d'ailleurs, comment savez-vous tout ça ? Pour ce qui est d'Albert, d'accord, mais tout ce que vous savez sur les Maribas, ça vient d'où ? Le père semblait ne jamais vous avoir croisé avant aujourd'hui...

Mariette se leva lentement, fit craquer sa mâchoire et sortit dans le couloir. Emma et Dan la suivirent.

— Ça, c'est une autre histoire. Ce n'est en tout cas pas la vôtre. En ce qui vous concerne, c'est la fin de vos aventures... Veuillez me pardonner mais je dois m'occuper de ma braillarde de gosse maintenant. C'est tout de même fou, pour deux petits voyeurs de votre espèce, d'être à ce point passé à côté de l'essentiel.

Puis, sur ces derniers mots, elle poussa la porte de l'appartement voisin.

SECOND ÉPILOGUE

Où tout ne tient qu'à un fil

Bertrand Maribas Junior savait ce matin-là qu'il devait se rendre à la bouquinerie dont l'enseigne indique simplement « Livres à petits prix ». Il l'avait nettement vue dans son rêve. Lorsqu'il entendit retentir la clochette de la porte et que la voix d'Emma parvint à ses oreilles, il savait qu'elle était l'Élue.

Ce que Bertrand Maribas Junior ne savait pas, c'est que le destin peut parfois jouer de drôles de tours. Même dans le Grand Livre de la Vie, il existe quelques ratures.

(EN)FIN

Bonus

Si ce livre était un film bénéficiant d'une sortie en DVD (lui-même comportant des bonus), ce dernier pourrait contenir un résumé de *La légende d'Oufangos* et, en exclusivité, le poème perdu d'Aloysius Bertrand sur lequel s'appuie la guilde du Tesseract pour faire revenir Oufangos.

Nous avons la bonté de vous les offrir dans cet exemplaire.

La légende d'Oufangos

À l'époque où personne ne remettait en cause la platitude de la Terre et où les lépreux empoisonnaient l'eau, le cyclope Thésidas développa un orgelet à la paupière gauche à force de se nourrir exclusivement de bananes.

L'infection prit une telle ampleur qu'elle se confondit avec l'œil lui-même et ressembla bientôt à un énorme œuf de soixante-six kilos.

De rage, Thésidas brûla la bananeraie dans laquelle il avait élu domicile et énucléa son œil pour le jeter dans les flammes.

Seulement, couvé par le feu, l'œil devenu œuf se mit à éclore.   Oufangos en sortit.

On raconte qu'à la vue de la jeune femme le cyclope s'exclama : « Ouf ! À cause... » mais ne put terminer sa phrase car Oufangos l'étreignit si fort – de désir, semble-t-il – qu'il périt, étouffé.

Née avec des problèmes d'audition, Oufangos se donna ce nom en souvenir des derniers mots prononcés par Thésidas.

Elle fut recueillie par une communauté de cyclopes et goûta auprès d'eux aux plaisirs du sexe sans pénétration. En effet, le seul moyen de faire atteindre l'orgasme à un cyclope est de le faire pleurer. Une à deux fois par siècle, une progéniture cyclopesque naît d'une de ces larmes.

Malheureusement, se vautrer dans la luxure ne dura qu'un temps. Les cyclopes étaient en guerre depuis des millénaires avec les reptoïdes, les premiers voulant bâtir un empire sur Terre, les autres sous Terre. La suite, tout le monde la connaît... Les reptoïdes terrassèrent les cyclopes et continuent encore aujourd'hui de tirer les ficelles depuis le noyau terrestre.

Comme un vulgaire trophée de chasse, Oufangos fut capturée par les reptoïdes et emmenée dans les profondeurs de la Terre. Quand certains d'entre eux tentèrent d'abuser d'elle, leurs yeux se transformèrent en d'affreux orgelets qui explosèrent avant même qu'ils ne touchent Oufangos.

Les reptoïdes la laissèrent errer seule dans le noyau terrestre et se blottirent dans le manteau de la Terre pour ne plus jamais y bouger.

Aujourd'hui, certains groupuscules tentent de faire remonter Oufangos pour purifier notre Planète bleue, d'autres pour enrayer la procréation en détournant les humains du « plaisir pénétratoire ».

Le poème perdu
d'Aloysius Bertrand

Avant de vous proposer une reproduction fidèle de ce poème exceptionnel, nous tenons à avertir le lectorat que certains spécialistes s'accordent à dire que celui-ci est apocryphe.

Les autres doutent seulement de son authenticité.

[SANS TITRE]

Braises ou charbons ardents, à tambours battants il va
dans le crépuscule cueillir le Galant-de-nuit.
Les rampants – oh ! – fuyaient, creusant des sillons
fangeux dans la Terre Infertile.

Criquets ou sauterelles dansaient la tarentelle,
la lune riait comme le chapelier Schup !
*

C'est là ! – Et voilà Oufangos
qui siffle et se prépare
au retour du Barbu qui carillonne.

Remerciements

à celle qui a les chaussettes propres et un pinceau à brosse plate

à celle qui a volé un sein anti-stress

à celui qui m'a autorisé à hurler « Oh hisse... »

à T. et A. en leur souhaitant de ne jamais ouvrir ce livre

Édition : BoD – Books on Demand,
12/14 rond-point des Champs-Élysées, 75008 Paris
Impression : BoD – Books on Demand, Norderstedt, Allemagne

ISBN : 9782322255573

Dépôt légal : octobre 2020